Claude Chassaigne - Août 2020 - Le Pied du château
1 AVRIL 2023 Limoges

Libretto

ANDRÉ LAFON

L'ÉLÈVE GILLES

roman

libretto

ISBN : 978-2-36914-554-7

Vous qui vous pencherez sur ces pages avec l'émoi d'y revoir, parmi tant de choses mortes, des figures jadis connues, ne soyez point étonnée de trouver l'enfant qui se raconte si peu semblable à votre souvenir… Mais rappelez-vous ses silences, et sachez ce que vous dérobèrent un masque pâlot et des regards qui fuyaient l'interrogation du vôtre.

1

Je m'appelle Jean Gilles. J'entrais dans ma onzième année, lorsqu'un matin d'hiver, ma mère décida de me conduire chez la grand-tante aux soins de qui l'on me confiait habituellement pour les vacances. J'y devais demeurer quelque temps ; une coqueluche qui s'achevait était le prétexte de ce séjour à l'idée duquel j'aurais éprouvé bien de la joie si je ne sais quoi, dans sa brusque nouvelle, ne m'eût empêché de m'abandonner à ce sentiment.

Mon père ne parut pas au déjeuner ; j'appris qu'il se trouvait las et prenait du repos. J'osai m'en féliciter, car sa présence m'était une contrainte. Il demeurait, à l'ordinaire, absorbé dans ses pensées, et je respectais le plus possible son recueillement, mais le mot, le geste dont il m'arrivait de troubler le silence provoquaient sa colère ; j'en venais à jouer sans bruit, et à redouter comme la foudre le heurt de quoi que ce fût. Cette perpétuelle surveillance où j'étais de moi-même me gênait, à table surtout. Il suffisait de l'attention que j'apportais à me bien tenir pour m'amener aux pires maladresses ; la veille même, à dîner, mon verre renversé s'était brisé en tachant largement la nappe. Le sursaut de mon père m'avait fait pâlir, et mon trouble fut plus grand encore à le voir nous laisser et reprendre, au salon, la sonate qu'il étudiait depuis le matin. Ma mère, qui savait sa tendresse nécessaire à mon apaisement, avait différé de le rejoindre pour s'attarder quelques instants près de moi, puis s'était à son tour éloignée. Demeuré seul avec mes leçons que je n'apprenais pas, j'avais bientôt entendu s'élever sa voix aimable que mon père voulait chaque soir accompagner au piano ; le chant terminé, il la retenait encore par une série d'improvisations que j'eusse reconnues entre toutes, et ne la laissait revenir que pour me dire de gagner ma chambre et me souhaiter le bonsoir. Il en avait été ce soir-là comme de coutume, et le concert s'était prolongé fort avant dans la nuit.

L'heure du départ approchant, notre déjeuner fut rapide et silencieux, comme si nous n'avions pas été seuls. Quelques derniers soins firent aller et venir ma mère à travers l'appartement, et jusque dans la chambre où je n'osai la suivre ; je laissai mon père sans l'avoir revu.

Pour nous rendre à V..., la petite ville près de laquelle demeurait ma tante, nous prenions le bateau qui, du chef-lieu où nous habitions, y conduit en deux heures. Ce court voyage sur le fleuve était un délice en juillet, et déjà d'un grand attrait au moment de Pâques, mais décembre commençait ; le froid nous força de descendre au salon des passagers et, durant la traversée, je demeurai à demi somnolent, appuyé à ma mère qui ne cessa pas d'être pensive.

Autour de ce petit salon d'arrière où nous nous étions réfugiés, régnaient une banquette et un dossier de velours rouge au-dessus desquels se trouvaient de profondes fenêtres carrées qui allaient se rétrécissant jusqu'aux hublots que l'eau parfois venait battre.

Entre ces fenêtres, étaient fixés d'étroits miroirs en l'un desquels je regardais se réfléchir notre groupe, avec l'étonnement de nous voir tenir tous deux dans une surface aussi resserrée. Ma mère était coiffée d'une capote de jais dont les brides de velours suivaient l'ovale de son visage, ses yeux fixes restaient sans regard, ses lèvres jointes se creusaient, à gauche, d'une profonde fossette. Elle portait un « boa » de martre, et ses mains se cachaient dans un manchon de même fourrure, posé sur ses genoux, entre les plis du manteau dont elle était enveloppée. Il n'y avait avec nous que deux dames qui causaient bas, et dont l'une tendait au poêle de fines bottes mordorées. Le jour baissant, nous descendîmes à V...

Lors de notre arrivée, aux vacances, ma tante envoyait au débarcadère une voiture fermée tenant de l'omnibus, dont elle n'usait que pour se rendre à l'église, et que Justin, le fils du premier métayer, conduisait. J'avais dit, un jour, le «wagon», en parlant du lourd véhicule ; le nom qui fit rire lui resta. Le *Wagon*, ce soir-là, ne nous attendait pas ; nous partîmes à pied. Dès les premières maisons, ma mère me fit prendre une rue oblique, par laquelle nous eûmes vite gagné la campagne. Nous nous engageâmes sur une route que je ne connaissais point. Le froid était vif et ma mère marchait vite ; il me fallait hâter le pas pour la suivre et ne pas lâcher son bras, que je tenais sous le manteau. Je regardais vainement autour de moi ; l'ombre croissait, et je cherchais encore à me reconnaître lorsque je m'aperçus que nous allions être arrivés.

Ma tante habitait seule, avec une servante, sur son domaine de La Grangère, une ancienne maison à deux étages, que des ailes plus basses prolongeaient. Perpendiculairement à celles-ci, s'élevaient les logis des métayers, les étables, les hangars et les cuviers que nécessite une exploitation viticole. Une vaste cour s'étendait entre ces bâtiments abrités de quelques arbres ; une allée la reliait à la route entre les champs de vigne qui l'en séparaient. C'est par cette allée que nous arrivions habituellement, dans la douceur du crépuscule de mars, ou le calme des fins de jour en juillet. La voiture, saluée par les gens qui rentraient, tournait lentement devant le perron où ma tante apparaissait soudain, toute riante et nous tendant les bras. Mais le chemin plus court choisi cette fois par ma mère nous amena derrière la maison, jusqu'au portail du jardin. La grille gémit pour nous livrer passage ; au bout de l'allée, la demeure semblait dormir, avec une seule lueur aux vitres de la cuisine. Segonde, la servante, y rentrait comme nous en touchions le seuil ; elle se récria de surprise heureuse, et laissa choir les menues branches qu'elle portait dans son tablier relevé. L'étonnement de sa maîtresse ne fut pas moins profond ; mais la joie de nous revoir prenait vite chez ma tante la place de tout autre sentiment, et je la trouvai si vive à commander le repas, tisonner la braise, et nous serrer de nouveau dans ses bras, que j'en oubliai la tristesse du voyage, le froid de la route, et me sentis pleinement heureux dès que je vis s'égayer à demi le visage trop longtemps muet de ma mère.

Nous avions trouvé ma tante dans la petite pièce qu'elle affectionnait, et qui séparait, dans la moitié de leur longueur, la salle à manger et la cuisine. Nous nous rangeâmes autour de la cheminée haute. Aux questions affectueuses de ma tante sur nous-mêmes et sur mon père, ma mère répondant de façon évasive, et plutôt avec les yeux, ma tante cessa bientôt d'interroger.

Je regardais, autour de moi, le nouveau visage des choses ; l'intimité de l'hiver changeait l'aspect de la pièce où nous vivions, les soirs d'été, l'âtre éteint, les fenêtres ouvertes à la brise. L'abat-jour ne projetait qu'un cercle de clarté au-delà duquel les meubles s'enveloppaient d'ombre, et semblaient s'écarter de notre vie. Segonde allait et venait, portant du bois au feu, dressant la table. Elle reprochait bien fort à ma mère d'être venue sans prévenir, et s'excusait de ne servir qu'un repas modeste.

Le couvert fut vite prêt, je reconnus la nappe rude, les serviettes et leur senteur de lessive, le dessin des assiettes à dessert. Mais le sommeil de l'enfance pesait déjà sur mes paupières, et je ne sus bientôt plus démêler de mon rêve les voix que j'entendais se répondre à mes côtés. Quand je m'éveillai, après un temps incertain, il me sembla que ma mère essuyait des larmes, mais ce fut elle qui me conduisit au lit ce soir-là, et je m'endormis heureux de ce qu'elle eût bordé ma couche.

★

Je m'éveillai le lendemain fort avant dans la matinée, et seulement lorsqu'un tardif soleil toucha ma fenêtre. J'appelai en vain ma mère; sa chambre, contiguë à la mienne, était vide, le feu s'y éteignait; je la traversai et descendis.

Je trouvai ma tante seule dans la petite salle où elle cousait. À la question que je lui posai en l'embrassant, elle prit le ton des confidences pour répondre que ma mère, pressée de rentrer, était partie sans vouloir troubler mon sommeil. Je ressentis autant de dépit que de tristesse; il me semblait qu'on se fût joué de moi. Les larmes me vinrent aux yeux, mais Segonde me poussa vers la table où je m'assis, devant la tasse de lait fumant et les tartines grillées qu'elle beurra en affectant de m'envier.

Notre arrivée, la veille, l'avait détournée de ramasser les œufs; elle m'attendit pour aller les prendre, et je la suivis dans le poulailler où nous entrâmes courbés. Il y avait sur le nid une grosse poule noire qui se mit à glousser, le bec dans la plume. Segonde l'enleva adroitement, par les ailes, sans égard aux piaillements de la pondeuse, à qui les coqs répondaient en dehors, et prit, deux par deux, les œufs qu'elle déposa dans son tablier. Je m'étais accroupi près d'elle, les paupières encore humides et gonflées, elle me tendit l'œuf le plus gros en me disant de le passer sur mes yeux, afin, ajouta-t-elle, que mon regard fût plus clair. La tiédeur de la coque polie était douce, en effet, à ma chair gercée du sel des larmes. Segonde me regardait en souriant; par le petit arceau ouvert sur leur cour, les poules montraient leur tête inquiète, qu'elles tournaient de profil pour mieux voir.

Nous rentrâmes; ma tante avait préparé sur la table un beau

livre où étaient peints les Rois de France avec, en regard, les Reines, leurs épouses, ce qui faisait, le livre fermé, s'embrasser chaque couple. Louis XI restait sournois sous la bure et les médailles ; saint Louis, angélique, avait de longs cheveux peignés que je touchai ; mais les Valois, coiffés de perles et de velours, ressemblaient trop à leurs femmes. Il y avait aussi Bayard mourant à Romagnano, devant la croix de son épée, le dos à un arbre, sous les yeux du Connétable de Bourbon ; on y voyait encore Jeanne Laîné, dite *Hachette*. De l'embrasure où elle se tenait, ma tante découvrait toute la cour, au-delà du jardin en terrasse ; sa corbeille d'ouvrage chargeait un guéridon placé près d'elle et, derrière son fauteuil, la haute horloge semblait veiller. Il n'y avait de meubles que les chaises anciennes et un bahut, la table épaisse, sous son tapis de laine. Des vases dorés ornaient la cheminée haute, avec deux chandeliers et une Vierge de bois dont la hanche saillait pour soutenir Jésus ; au mur, était le tableau de première communion de ma mère.

Le jour passa ; ma tristesse revint au crépuscule, mais la lampe en eut raison, et le feu réveillé dansa sur les sarments. Ma tante, le soir, me demanda si je faisais ma prière ; je dis oui, et je mentis. Ma mère, autrefois, en me couchant, me joignait les mains, et je répétais après elle : *Notre Père… Je vous salue… Souvenez-vous…* Depuis que j'allais seul à ma chambre, je me couchais vite et m'endormais en écoutant le piano. Ma tante se pencha sur moi et me recommanda de dire : « Mon Dieu, conservez, s'il vous plaît, la santé à mon père, à ma mère… » et de ne pas oublier de la nommer aussi ; puis, m'ayant embrassé, elle me remit aux mains de Segonde, sur les pas de qui je montais. La chambre de ma mère devint la mienne, mais, la bougie éteinte, j'eus peur, et je pleurai d'être seul.

★

Un doux matin se leva chaque jour sur ma vie qu'il baignait de clarté bleue et de saine fraîcheur.

Je ne savais de la saison triste que le visage ennuyé qu'elle montre à la ville, ses ciels lourds sur les toits et la boue des rues obscures. Je découvris la splendeur de l'hiver. Ma chambre, située à l'extrémité de l'aile gauche, ouvrait sur les champs que les vignes dépouillées peuplaient de serpents noirs et de piquets, mais la pureté du ciel pâle s'étendait sur elles, jusqu'aux lointains à peine brumeux; un coteau se haussait, portant un village où le clocher pointait; des pas claquaient sur la route aperçue et des voix, parfois, en venaient.

Le jardin nu m'étonna: le paulownia y révélait une ossature tourmentée, les marronniers levaient des bras transis, les arbustes semblaient des balais de brande, la haie un treillis épineux. Les groseilliers se mouraient, près de la fontaine qui dégelait, goutte à goutte, au soleil rose. La charmille n'était plus un abri et laissait voir, bouchons de paille mouillée, les nids insoupçonnés aux dernières vacances. Seules les bordures de buis restaient vertes et, sur le mur bas, la toison de lierre se chargeait d'étranges raisins. Je pensais que notre venue avait surpris les choses: la maison dans le sommeil, le jardin sans parure... Les soirs, surtout, étaient beaux! Dès quatre heures, le soleil atteignait un petit bois de chênes chargés de gui, derrière lequel il descendait en l'incendiant. L'horizon opposé se teignait de rose, et le ciel pâlissait jusqu'au vert. Segonde ouvrait sa porte et jetait mon nom dans le jardin; je rentrais, et c'était le livre repris, le conte à voix basse, ou l'attente silencieuse sous la lampe, le repas, le coucher prompt... un modeste et sage bonheur.

J'écrivais de mon mieux à ma mère qui, en retour, m'embrassait bien fort, dans ses lettres à ma tante. Elle pensait venir me chercher à Noël et, malgré l'ennui où j'étais de ne plus la voir, il ne me tardait guère de rentrer à la ville, que j'imaginais si triste sous le brouillard d'hiver. Je pensais plus vivement à elle chaque soir en me couchant et, à mes prières retrouvées, j'ajoutais la phrase enseignée par ma tante: «Mon Dieu, conservez la santé...» Ma tante se défiait-elle de mon bon vouloir, avait-elle quelque grâce pressante à solliciter du ciel?... Elle décida que nous ferions la prière en commun. Le jour même, quand, les cruches d'eau chaude montées et le feu allumé chez sa maîtresse, Segonde vint me chercher, ma tante se mit debout devant la Vierge de la cheminée, attira une chaise que ses mains jointes tinrent inclinée, elle m'indiqua un tabouret à son côté, et Segonde s'agenouilla sur la plaque du foyer. Ma tante commença alors une longue prière, et récita le *Pater*, l'*Ave Maria*, le *Credo*, le *Confiteor*, d'une voix fervente à laquelle Segonde répondait. Puis elle annonça qu'elle allait prier Marie pour le rétablissement d'une personne à qui, sans la nommer, elle nous demanda de penser. J'entendis alors les Litanies de la Sainte Vierge, et la statue de bois que fixait la récitante m'en parut auréolée: *Cause de notre joie, Rose mystique, Tour de David*... À chaque invocation, Segonde jetait un rapide «Priez pour nous», par lequel je craignais de voir se clore la prière. Mais les louanges succédaient aux louanges: *Maison d'or, Arche d'alliance, Porte du Ciel, Étoile du matin*... Il me semblait que ma tante les créât à mesure... *Santé des malades, Refuge des pécheurs, Consolatrice des affligés, Reine des martyrs*!... Les deux femmes se turent, comme une cloche qui a battu tous ses coups, et ce fut une formule plus grave dite pour recommander à Dieu l'âme des morts.

Nous Vous recommandons, ô mon Dieu, les âmes des fidèles défunts et, en particulier, celles des membres de notre famille qui nous ont devancés auprès de Vous. Daignez abréger leurs épreuves, si elles ne jouissent pas encore de Votre lumière; n'ayez point mémoire des fautes où elles ont pu choir: mais considérez la bonne volonté qu'elles eurent de Vous suivre, et montrez-nous la même indulgence, à nous, Vos serviteurs et Vos servantes, qui vous prions dans le péché et l'attente quotidienne de la mort.

Ma tante se signa lentement et son baiser sur mon front fut plus grave. Segonde releva dans les angles de la cheminée les deux tronçons de la bûche brasillante, couvrit de cendre les tisons du foyer et, prenant la bougie qu'elle venait d'allumer, elle éclaira notre montée silencieuse vers les chambres.

★

Les jours ordinaires se suivaient sans différer entre eux, mais le dimanche venait comme l'Époux attendu, dans la paix de notre semaine, et toute la maison se préparait à le recevoir.

Dès le vendredi, Maria, la femme du métayer Gentil, battait le linge au lavoir; le lendemain, ses deux filles venaient aider Segonde qui, déjà, se multipliait. L'eau ruisselait sur les dalles de la cuisine; les vitres étaient frottées mieux que des miroirs; le cuivre des chaudrons, des chandeliers, l'étain des couvercles et des moules reprenaient tout leur éclat. On confiait le plancher de la petite salle et des chambres à une femme renommée pour le savoir rendre luisant. Un homme était distrait du soin des vignes pour celui de la cour et du jardin; la maison envahie devenait inhabitable. La salle à manger, le salon, surtout, restaient seuls paisibles car, notre vie ne les troublant guère, Segonde ne leur infligeait que plus rarement son minutieux nettoyage.

Au soir tombant, tout ce monde s'attablait, non dans la cuisine dont la servante défendait l'accès, mais dans une pièce contiguë où le jardinier pensait toujours ne pouvoir se loger. De bonne heure, Segonde congédiait les convives, coupant court aux causeries et pressant au besoin le repas. Puis, seule, elle commençait la revue et, bien souvent, pour monter, je devais attendre qu'elle eût relavé quelque carreau, refrotté un chandelier pas assez brillant à son gré, savonné la table, ou donné le dernier coup de balai ; car elle n'aurait souffert ni que je pusse gagner ma chambre sans elle, ni de laisser sa besogne pour m'accompagner, malgré le conseil répété que lui en donnait ma tante.

Cette activité la reprenait dès l'aube du jour dominical. Après les premiers soins du ménage, elle regagnait sa mansarde où elle changeait pour un foulard de soie noire le mouchoir de couleur qui serrait habituellement sa tête, se vêtait de neuf sous une mante ronde, et courait aider sa maîtresse.

Ma tante portait, dans la semaine, de longs vêtements gris simplement serrés à la taille, et un bonnet de dentelles dont les attaches pendaient de chaque côté de son visage austère. Elle était haute, et si droite que le ventre offrait son appui aux mains croisées, lorsqu'elle se tenait debout et causait. Elle prenait, le dimanche, une coiffure plus lourde de rubans noirs et violets, dont les brides larges se nouaient à plat sous le menton. Elle descendait avec sa bonne par l'escalier central de pierre blanche, ordinairement délaissé pour l'escalier de service.

La voiture attendait au perron et les emportait toutes deux vers la ville. Je fus du voyage ; je connus les cahots de la route et la montée des rues étroites. J'entrai avec ma tante dans l'église déjà pleine de fidèles, où l'on saluait discrètement. Ma tante possédait une chaise et un prie-Dieu marqués à son nom, que la loueuse avait soin de tenir dans les premiers rangs, à la même place. Il fallut solliciter une vieille dame pour qu'elle me cédât la sienne auprès de ma tante. Les enfants de chœur, suivis des prêtres, processionnaient déjà autour de la nef, le *Veni Creator* commençait. Des jeunes filles chantèrent au *Kyrie* ; on lisait l'Évangile à voix haute après que chacun s'était purifié le front et les lèvres d'un signe de croix. Le sermon engagea les fidèles à veiller dans l'attente des jours saints, et le prêtre passa dans les rangs avec une aumônière rouge où chacun laissait tomber un sou. Les chœurs reprirent au *Credo*; une famille offrait le pain bénit qui sentait l'encens et la frangipane, et qui retint mon attention jusqu'aux dernières prières que l'officiant récita, à genoux devant l'autel, une main sur le calice, le dos roidi par la chasuble brodée. On sortit. Segonde, qui se plaçait aux bas-côtés, partit mystérieusement par la ville; mais des dames entourèrent ma tante, me reconnurent et voulurent m'embrasser.

Elles s'étonnaient de me voir à cette époque de l'année, où je n'avais pas coutume de venir; il fallut que ma tante me donnât pour convalescent. Des groupes se formaient, grossissaient, puis, d'un effort, s'arrachaient au parvis et marchaient dans la rue.

Nous reprîmes l'omnibus. «Et Segonde, fis-je, reviendra-t-elle à pied?...» Ma tante eut un sourire et prétendit que la servante devait être restée à prier pour nous. Des gens, que la voiture forçait à se ranger, nous saluaient à travers les vitres levées. Au dernier tournant, nous trouvâmes Segonde qui attendait, l'embarrassant fardeau d'une tarte bien enveloppée joint à son missel dans ses mains rudes et, comme ma tante m'observait, je l'assurai m'être douté de la «surprise», en recevant la fragile pâtisserie sur mes genoux qu'elle pénétra bientôt de sa tiédeur.

Le repas, déjà retardé ce jour-là, se prolongeait plus que de coutume, et ma tante, toujours si prompte à se lever de table, n'en finissait plus de boire son café. Quand sonnaient vêpres, la promenade recommençait, coupée d'arrêts, après l'office, chez de vieilles demoiselles avec qui ma tante parlait soudain une langue nouvelle, où passaient des noms inconnus de personnes mortes, le rappel d'événements ignorés qui amenaient de grands silences, durant lesquels on entendait chanter la flamme sur les bûches. Il y eut un dimanche où nous allâmes au cimetière; ma tante y pleurait, outre mon oncle, une fille morte jeune, après quelques mois de mariage.

Le soir nous retrouvait silencieux dans la petite salle, mais il gardait quelque chose de la solennité du jour, de la prière chantée des offices, du parfum des vêtements neufs, quelque chose qui en faisait, malgré la solitude retrouvée, et la lampe et le feu habituels, le soir du *septième jour*, un soir bien différent des autres soirs de la semaine.

★

Si je goûtais alors pleinement chaque jour, et le vivais dans la joie que mon souvenir retrouve, le soir ne m'en apportait pas moins ses angoisses, où l'effroi de l'ombre se mêlait à la tristesse de n'en être pas défendu par la présence de ma mère.

Rappelé dès le crépuscule, je venais sagement m'asseoir près de ma tante, dans l'embrasure où elle avait coutume de se tenir. Elle n'aimait point qu'on allumât trop tôt et, laissant l'ouvrage, elle promenait ses regards au-delà des vignes, sur la bande claire du couchant. Il arrivait alors que les vents orientés de façon favorable portassent jusqu'à nous l'angélus sonnant sur la ville ou le village voisin. Ma tante récitait à voix haute le premier verset de la prière : ANGELUS DOMINI NUNTIAVIT MARIÆ... *L'ange du Seigneur annonça à Marie qu'elle enfanterait le Sauveur du monde*... À quoi Segonde, préparant la lampe à l'office, répondait : ECCE ANCILLA DOMINI... *Voici la servante du Seigneur, qu'il me soit fait selon votre parole. L'Ave Maria* suivait. Segonde entrait, portant la lampe, et fermait les volets. C'est alors que « l'Ennemie » s'installait près de moi.

J'acceptais de passer des soirées entières à regarder les tisons, par crainte d'aller chercher, dans la pièce voisine, mon livre qui y était demeuré. Notre petite salle éclairée par la lampe, la cuisine où flambait un grand feu formaient mon domaine; au-delà, tout m'eût paru menaçant et hanté. J'aurais aimé qu'on fermât à clef, derrière moi, la porte de la salle à manger, et encore celles qui, de la cuisine, ouvraient sur le bûcher et le jardin; et je ne pouvais comprendre que Segonde tardât tellement à tirer les volets de ses deux fenêtres, aux petits carreaux desquelles le reflet de la flamme me faisait craindre de voir des mufles collés.

La sérénité des deux femmes ne pouvait rien contre un tourment que, d'ailleurs, je n'avouais pas, et qui était faible, en somme, au prix de celui qui m'étreignait dans la solitude nocturne. Nous gagnions les chambres, non par l'escalier central, mais par un autre, plus rustique, établi dans la cuisine, et aboutissant à l'extrémité du couloir desservant l'étage. Je m'arrangeais pour n'y point passer le premier, afin de n'entrer chez moi que derrière la servante. Elle avait vivement fait de m'y installer et, dès qu'elle me laissait, je m'efforçais au calme; mais l'ombre des rideaux elle-même me gênait et, pour rien au monde, je ne me fusse approché du miroir. Je ne donnais point corps à mon effroi, et je n'aurais pu dire précisément ce que je craignais, mais tout mon être vibrait d'attente angoissée, et la moindre illusion m'eût tué. Je souffrais moins quand j'étais blotti dans les draps, la bougie éteinte, le dos tourné au vide de la chambre où, parfois, cependant, un meuble craquait. Le sommeil venait bientôt me prendre, mais pour m'être encore bien redoutable. Aux cauchemars habituels où nos pieds se refusent à la fuite, où l'on choit dans un vide sans fin, il s'en ajoutait un plus terrible: ma mère m'y apparaissait mystérieusement réprobatrice, avec un regard froid que je ne lui connaissais pas. Ma tristesse, l'affirmation de mon innocence ne pouvaient rien contre sa rigueur, je suppliais vainement, et finissais par m'éveiller en larmes. Il m'arrivait encore de me revoir chez mes parents, heureux et jouant avec des cubes que je m'amusais à échafauder de mon mieux; tout d'un coup, la muraille ainsi construite oscillait et menaçait ruine, et je demeurais terrifié à l'idée du bruit qui allait suivre, et de l'apparition possible de mon père. Je me retrouvais en sueur, haletant… Le silence semblait bruire, la pluie ruisselait sur les branches, un grand vent emplissait l'espace, le tablier de la cheminée s'agitait. Je me sentais seul ! La chambre de ma tante avait deux lits, mais mon oncle était mort dans celui qu'elle m'eût bien facilement offert sur ma prière ; je savais mon mal sans remède, et le subissais, le corps tendu, les yeux clos. Quelquefois, la demi-clarté du matin me venait seule en aide ; je la devinais sous mes paupières et, l'esprit calmé par elle, je goûtais enfin un sommeil profond.

Le jour ne m'épargnait point toute crainte ; je ne traversais pas volontiers les pièces isolées de la maison. La salle à manger, si proche, m'était déjà hostile ; le couloir dallé qui la séparait du salon m'impressionnait de sa résonance et du jour mystérieux dont l'éclairaient les carreaux peints placés au-dessus des portes. Le large escalier me glaçait : je savais, dès cette époque, que mon oncle, atteint de maladie aiguë, avait été relevé mourant sur les dernières marches, soit qu'il se fût précipité dans l'excès de ses souffrances, ou qu'il fût tombé par faiblesse, en appelant à l'aide, pendant une absence de la garde, un matin que ma tante cédait au sommeil. Je n'entrais jamais au salon où deux portraits des hôtes aux premiers temps de leur mariage me demeuraient plus étrangers que s'ils eussent représenté des inconnus. Chaque jour, cependant, on ouvrait les fenêtres de cette grande pièce située à l'extrémité de l'aile droite, et par où la vue s'étendait à travers les branches, jusqu'au fleuve lointain. Mais j'allais seul, et par jeu, chercher du bois dans le bûcher, salle basse attenante à la cuisine, et qu'une petite fenêtre éclairait. Les fagots empilés, les tas de pommes reinettes, les pommes de terre fleurant le sillon l'emplissaient d'une senteur d'automne qui suffisait peut-être, parce qu'elle évoquait des sous-bois et des champs, à chasser toute idée gênante. J'y jouais à balancer les tresses d'oignons dorés accrochées aux poutres basses sur lesquelles séchaient des pains de savon ; parfois l'un des bulbes, détaché, roulait dans le bruit de sa pelure plus fine qu'un élytre de hanneton. Je traversais cet endroit d'un pied sûr pour gagner une autre pièce dans laquelle, aux jours de la récolte, mangeaient les vendangeurs, et qui, vide toute l'année, gardait sur ses bancs longs, ses tables grasses, l'odeur vineuse des repas paysans. Cette salle ouvrait de plain-pied sur la cour.

Mais mon terrain d'élection était le jardin, avec ses tournantes allées bordées de buis, ses massifs panachés, l'été, de reines-marguerites et de roses, de géraniums et d'hortensias, de véroniques et d'héliotropes. J'y jouais, aux grandes vacances, à faire des pâtés de sable, à créer de nouveaux et minuscules parterres traversés de ruisseaux au bord desquels feuilles et fleurs piquées prenaient la splendeur des végétations tropicales. J'avais là deux amies ; l'une familière, une vielleuse de plâtre peint, en jupons rouges et paniers bleus, l'air modeste, à la fois, et sensible, et posée sur un socle bas ; l'autre, plus noble, une muse Empire, réfugiée sous la charmille, et dont un bras était cassé. Je leur portais des fleurs ; la vielleuse les pouvait retenir dans sa main courbée, la muse ne les recevait qu'à ses pieds. Je ne doutais point qu'elles me fussent propices, et je les prenais à témoin de mes travaux. Mais le soir changeait leur aspect favorable ; la muse n'était plus qu'une ombre au fond de la charmille assombrie ; la vielleuse redevenait de pierre, reculait, on eût dit, sous les branches protectrices, et je laissais le jardin.

Ma sympathie pour ce lieu était telle que l'hiver ne m'en chassa pas, et que je trouvais encore à m'y plaire, chaque jour, aux heures où le soleil brillait. Il se faisait plus rare ; il arrivait qu'il ne perçât qu'un instant, à midi, pour se voiler ensuite, et ne donner plus qu'une clarté rose que le prompt crépuscule éteignait.

Noël était proche, et leur sourire pâle faisait mélancoliques ces dernières journées de l'année qui mourait.

★

Nous eûmes quelques jours de neige pendant lesquels je ne pus sortir. Le front collé aux vitres, je regardais, parmi les champs recouverts, les maisons éparses, ancrées comme des nefs sur une mer unie ; ma tante ayant lu tout haut quelques pages d'Histoire sainte, j'imaginais être dans l'Arche, et qu'une main soigneuse y avait entassé toutes les provisions nécessaires à la traversée de l'hiver.

Noël vint. La veille fut une journée toute voilée de brume douce, où les choses n'étaient plus que leur propre fantôme ; j'eus dans le jardin, au matin, l'impression de vivre au fond d'une eau bleue que le soleil ne perçait pas. Il parut, cependant, vers midi, mais pour se ternir bien vite, et ne laisser après soi qu'une lueur souffrante qui alla s'affaiblissant jusqu'à la nuit. Vers quatre heures, de la cuisine où je regardais Segonde pétrir pour le lendemain un massif gâteau de froment, le jardin m'apparut soudain tout en fleurs, et j'en témoignai ma surprise. Segonde regardait aussi, les deux mains dans la pâte ; j'en profitai pour coiffer mon béret et sortir.

Le froid plus vif du crépuscule avait congelé le brouillard autour des branches et vêtu celles-ci d'une miraculeuse floraison. Je courus follement dans les allées que les buis couverts de neige bordaient d'hermine ; chaque arbuste paraissait plus gainé de corolles que les pêchers au printemps ; les buissons semblaient une cristallisation fragile, et les feuilles encore suspendues y mettaient des pétales. Dans la prairie, chaque brin d'herbe était givré ; j'y brisai ma course ainsi qu'au bord d'un champ de fleurs. Au-delà, se devinait un pays mystérieux où les arbres nus s'achevaient en fumée. Je croyais vivre une féerie, et que les anges allaient passer. Le demi-jour baissa soudain, la brume devint mauve, je me retournai vers la maison confuse elle-même, au bout du jardin; mais la lueur du foyer illuminait les deux fenêtres, et j'allai vers elles avec un vif bonheur.

– Et ces fleurs, donc?... me dit Segonde.

Je montrai mes mains mouillées où fondait un reste de givre, et m'assis devant la flamme pour y sécher mes souliers lourds qui commencèrent de fumer.

L'espoir d'assister à la messe de minuit, que je n'avais jamais entendue, me réjouissait. Nous dînâmes plus tard que d'habitude afin que la veillée fût moins longue. Nous nous groupâmes ensuite devant le foyer de la petite salle, à la lueur duquel Segonde, sur une chaise basse, défaisait dans son tablier les grains de quenouilles de maïs pour ses poules: la lampe posée sur la table éclairait le livre pieux dont ma tante nous lisait parfois un passage. Le repas n'avait rien eu de moins frugal que de coutume. La dinde que j'avais vu égorger la veille, la pâtisserie à la confection de laquelle je m'étais intéressé ne devaient paraître qu'au déjeuner du lendemain: «Jésus n'est pas encore né, m'avait-on dit, comme je boudais devant un dessert d'amandes sèches et de nèfles en robe de bure; en ce moment, Joseph et Marie cherchent où poser leur tête, les auberges sont pleines de voyageurs, et personne ne veut céder sa place à table ou sous le toit...» Je pensais au brouillard nocturne, à la route longue: Comme nous les accueillerions, nous, me disais-je, ce soir, s'ils frappaient!

On avait réservé pour la veillée une bûche énorme qui, vers six heures, fut assise sur un beau brasier de sarments; j'en fixais des yeux les cavernes rutilantes; des palais d'or s'écroulaient pour monter, derrière eux, de nouvelles richesses; en soufflant à certains endroits, on pouvait faire jaillir de longues étincelles qui se croisaient avec un bruit sec sur quoi le silence se refermait. Cependant, Segonde, tout en défaisant les grains de maïs, en plaça quelques-uns devant moi, dans la cendre chaude où ils éclatèrent bientôt en petites fleurs blanches qu'elle me permit de manger. Ma tante et Segonde craignant de somnoler à la messe, dans l'habitude où elles étaient de ne jamais prolonger bien avant la veillée, nous avions pris un café fort, grâce à quoi le sommeil ne m'inquiétait guère. Il y eut un moment de sa lecture où ma tante parla de « loups ravissants » ; ce passage fut suivi d'un silence que Segonde rompit en me disant : « J'en ai vu, moi, des loups, et justement un soir de Noël, en revenant de la ville… Leurs yeux brillaient derrière les buissons de la route. »

– Alors, qu'as-tu fait ? demandai-je.

– J'ai crié : « au loup », et j'ai couru en me signant, tellement que j'en perdis l'une de mes galoches, et que je suis rentrée chez nous à cloche-pied… Dame ! je n'étais pas bien gaillarde.

– Et maintenant, que ferais-tu ? Elle secoua la tête.

– Il n'y a plus de loups dans le pays ; c'était dans le temps ; on a déboisé depuis pour planter la vigne.

Elle se rappelait l'époque où, les bateaux et chemins de fer encore inconnus dans la contrée, un courrier menait seul au chef-lieu. Son père s'y était même rendu à pied, les deux fois de sa vie qu'il y avait eu affaire ; des voleurs faillirent l'arrêter dans un bois qui coupait la route. Segonde, elle, n'avait jamais quitté le pays.

Le temps passa vite et, quand la voiture roula dans la cour, il se trouva que nous songions à peine à partir. Justin, entré dans la cuisine par le bûcher, une lanterne à la main, assurait que la nuit était douce ; mais cette sortie à l'air humide ne laissait pas de nous inquiéter. Le feu rangé, la lampe éteinte, nous fûmes enfin prêts et, Justin éclairant la marche, nous reprîmes avec lui la route qui l'avait amené. Je m'étais soigneusement placé entre ma tante et Segonde, mais celle-ci, au milieu du défilé des salles obscures, s'avisa d'un oubli et retourna à tâtons, me laissant fermer la marche ; le mouvement par lequel je saisis la pelisse de ma tante fut si brusque qu'elle s'arrêta pour me prendre contre elle et refermer sur moi son manteau. Segonde nous rejoignit au seuil de la cour. Elle portait sur le bras une mousseline pliée qui me fit lui demander si elle pensait se vêtir en mariée : « Tout juste », me répondit-elle, en montant dans l'omnibus. Le brouillard était dense ; nos lanternes n'y faisaient chacune qu'un petit nimbe de clarté. Le cocher menait presque au pas ; par instants, une silhouette apparaissait brusquement sur la route ; Justin donnait de la voix, un bonjour s'échangeait ; le piéton dépassé se perdait derrière nous. L'odeur des chaufferettes que nous emportions pour l'église emplissait la voiture ; une lourde torpeur me saisit. Les peupliers surgissaient, un à un, et semblaient nous dévisager au passage. Je pensais au *Roi des Aulnes* que ma mère chantait au piano, et dont je m'efforçais de retrouver les paroles dans le cahot rythmique des roues. Je fus tiré du songe par des éclats de voix et l'air froid brusquement entré. La portière ouverte, Segonde s'efforçait de faire monter une vieille femme que nous avions failli écraser.

– C'est-il possible, à votre âge, ma pauvre Mariette, lui disait-elle, seriez-vous pas mieux dans votre lit ?

– On peut pourtant pas vivre comme des bêtes, répondait la vieille ; puis, soufflant sa lanterne par la cheminée, elle ajouta : « Autant d'économisé... sans compter les jambes », et se prit à rire de façon saccadée. Le voyage continua ; l'on commençait d'entendre les cloches comme une rumeur éparse ; les passants se faisaient nombreux et, de plus en plus, me pénétrait l'importance de cette heure qui peuplait les chemins vides et faisait ainsi bruire les airs. L'horrible fracas des vitres secouées annonça le pavé de la ville, nous arrivâmes.

L'office commençait. L'église lumineuse bourdonnait telle une ruche, et je reconnus, dans le cantique dont elle vibrait, un air par lequel, bien souvent, ma mère, le disant lentement, m'avait bercé :

Venez divin Messie,
Sauvez nos jours infortunés,
Venez source de vie,
Venez...

C'est à peine si nous eûmes de la place ; on se dérangeait peu. Je me trouvai enfin assis près d'une fillette à voix aiguë, qui s'épuisait de chanter :

Pour nous livrer la guerre,
Tous les enfers sont déchaînés ;
Descendez sur la Terre...

L'orgue et les voix s'apaisèrent. Le prêtre officiait. Je dus m'assoupir sur l'épaule de ma tante, et c'est mon rêve, sans doute, qui mêle au souvenir de cette messe celui de ma mère qui n'y assistait pas. Un autre cantique me la rendit présente, avec sa voix, son souffle tiède sur mon front, ses bras qui m'enveloppaient tout entier, et si bien :

Les anges dans nos campagnes,
Ont entonné l'hymne des cieux...

Il fallut cependant m'éveiller parce qu'un grand mouvement se faisait autour de moi. Ma tante rassemblait son petit sac, son missel, ses gants sur le prie-Dieu, et se levait pour rejoindre dans l'allée la colonne des fidèles qui allaient vers la Sainte Table. Je vis alors qu'avant de suivre sa maîtresse, Segonde s'entourait le visage de la mousseline apportée et, comme elle, toutes les humbles femmes de la ville, les ouvrières pauvres et les servantes avaient ainsi couvert leur tête pour approcher de l'Époux. La colonne n'avançait plus que par instants ; les communiées revenaient en file par les bas-côtés, les mains jointes ou croisées qu'effleurait le voile baissé ; elles gagnaient leur place, et restaient longtemps agenouillées ; l'orgue priait avec elles à mi-voix. Près de moi, la fillette extasiée béait aux lumières de l'autel. Ma tante revint, le regard sur ses mains qu'elle tenait entrelacées, la face parée d'une grande sérénité. Segonde parut après, les mains jointes à plat devant elle, la figure inclinée sous la mousseline blanche ; toutes deux s'absorbèrent dans la méditation.

Discrètement, avec un signe de croix rapide et l'esquisse d'une génuflexion, on commençait de partir, mais l'orgue préluda et, sur un rythme d'allégresse pastorale, le cantique final jaillit :

Il est né le divin Enfant,
Jouez hautbois, résonnez musettes…

Les fidèles en foule et debout chantaient, et toutes les bouches formées à ce chœur ancien semblaient n'avoir qu'une voix emplissant l'église, et qui devaient s'entendre, au-delà, dans les campagnes silencieuses, sur qui les cloches se reprenaient à sonner.

Une étable est son logement,
Un peu de paille sa couchette,
. . . .
Il est né le divin Enfant…

On sortait encore exalté, dans la vibration profonde de l'orgue. Les groupes ne stationnaient plus comme le dimanche, mais se hâtaient vers les rues étroites où des lumières s'apercevaient. Le brouillard s'était levé. Nous remontâmes dans l'omnibus que Justin ramenait de la remise, et le sommeil m'y reprit si bien que je m'éveillai seulement à La Grangère, dans la petite salle où l'on avait dû me porter. Le chocolat fumait dans les tasses, et Segonde me déchaussait pour que mes pieds fussent plus tôt sensibles à la flamme qu'elle venait de ranimer. Je pensais alors à laisser, pour la nuit, mes souliers au foyer. Mon idée fit se regarder les deux femmes, et ma tante prétendit avec embarras que le Père Noël n'avait point accoutumé de venir chez elle, et qu'il serait bien pauvre s'il songeait à passer, en revenant de sa tournée. Je persistais dans ma confiance et, le sommeil m'ayant fui, je serais volontiers demeuré, dans l'espoir d'un cadeau, si je n'avais jugé que mon absence fût plus propice à sa venue.

En me couchant, des chants de joie m'environnaient encore, et je les redisais en pensant à ma mère de qui je les avais appris. Je savais la revoir bientôt; puis le mois ne pouvait finir sans qu'elle vînt me chercher. Elle n'avait point redit dans ses lettres que cela dût être à Noël, mais rien ne prouvait que le lendemain ne l'amènerait pas, et je me flattais de cette espérance. La bougie éteinte, je m'aperçus qu'on avait oublié de tirer les volets, et que la clarté lunaire baignait ma chambre. Le dessin de la fenêtre se projetait sur le tapis. Je considérai, aux vitres nues, le scintillement profond de la nuit, et je demeurai sans aucune crainte, les yeux clos, avec le sentiment d'une présence céleste à mon chevet.

★

Je m'éveillai fort tard le lendemain, malgré le jour entré librement dans la chambre. Je portais, comme ceux d'un rêve, les souvenirs de la nuit, mais ils se précisèrent, et la pensée me revint tout à coup des souliers laissés devant l'âtre.

Je trouvai une pomme rouge dans chaque chaussure et, pliés dans le papier brillant d'une plaque de chocolat, cinq gros sous neufs et crissant sous les doigts, qui ne suffirent point à combler mon attente. Il y parut sur ma figure; ma tante, qui m'observait, me rappela ses pressentiments de la veille : « Nous sommes loin de la ville, mon petit, et le Père Noël y laisse tous ses jouets. » Je l'embrassais sans trop de rancune, quand le facteur s'annonça dans la cuisine. Je courus prendre la lettre, et la rapportai à ma tante qui cherchait ses lunettes et devant qui, anxieusement, j'attendis. Elle déchiffra la suscription tout entière, prit ses ciseaux pour ouvrir proprement la missive, la déplia et se mit à lire, lèvres closes, les sourcils hauts. Elle alla jusqu'à la fin, sans que son visage trahît l'impression que je guettais. Puis, replaçant la lettre dans l'enveloppe, et celle-ci dans la poche de son tablier, elle me dit en retirant ses verres : « Ta mère vient ce soir, mon enfant. »

Ma joie fut sans borne. Segonde, descendue des chambres, se tenait les mains aux hanches dans le cadre de la porte. Il me sembla bien que le regard de sa maîtresse lui confiait autre chose, mais ma tante la pria de prévenir Justin afin qu'il fût à l'arrivée du bateau, et je me promis d'y aller aussi. Le bonheur que me donnait l'espoir certain de voir ma mère décupla mon activité. J'aidai ma tante à dresser dans la salle à manger un couvert digne de la solennité du jour. Elle avait convié au déjeuner une de ses vieilles amies à qui nous faisions visite le dimanche et qui souffrait de la solitude aux jours de fête. Je plaçai avec soin les assiettes que me tendait ma tante, puis, par le grand escalier, je l'accompagnai dans les combles, où elle-même s'occupait de conserver des fruits. Je pénétrai, derrière elle, dans une mansarde obscure qu'une odeur forte emplissait. Les œils-de-bœuf ouverts, je vis, sur la paille qui jonchait le sol, de délicats raisins roses dont quelques grains tombés et pourris répandaient une senteur vineuse. De longues poires rousses, bien rangées, couvraient une table où se trouvaient encore de grosses pommes Canada. Des prunes passées au four demeuraient sur leur claie et, levant la tête, j'aperçus, pendus aux poutres, des paquets d'herbes sèches qui étaient la menthe du bord des routes, la sauge, la mauve et la verveine du jardin. La fenêtre m'attira ; on y dominait la cour où Maria paraissait toute menue, la route blanche, entre les vignes, et, tout au loin, presque brillant de soleil pâle, le vaste fleuve dont l'autre rive ne s'apercevait pas. Je ne cessais plus de regarder. Cependant, le panier garni, il fallut descendre; mais l'odeur des fruits nous suivait, et j'avais dans ma poche deux prunes molles et noires dérobées grâce à l'ombre des volets refermés, en me rappelant combien les aimait ma mère.

Mlle Aurélie arriva tôt, à pied, et par la cuisine, où elle dit quelques mots à Segonde, avant de nous rejoindre à la salle à manger. Elle était vêtue d'un châle et d'un bonnet noir, posé bas sur ses cheveux tirés et gris. Son visage avait cet air d'attention craintive des gens à qui la vie a déjà beaucoup demandé. Elle caressa ma joue, embrassa son amie qui achevait de garnir un compotier, et s'occupa de remplir l'autre, en mettant de côté les grains tombés des grappes fragiles, qu'elle me tendit ensuite dans le creux de sa main, avec un sourire. Elle parlait peu; assise devant la cheminée, et près de ma tante qu'elle écoutait en hochant la tête, elle fixait la flamme. Ma tante lui annonça l'arrivée de ma mère; leurs regards croisés s'abaissèrent sur moi, puis se cherchèrent de nouveau.

« C'est à elle qu'il ressemble », prononça Mlle Aurélie. Le vif acquiescement de ma tante exprima la joie qu'elle avait de cette constatation à laquelle elle s'était déjà livrée. Elle ajouta encore: « Et il n'a aucun goût pour le piano. » Sur la chaise basse, j'attendais que l'on servît; je n'avais guère faim, mais l'impatience où j'étais de la soirée me faisait trouver interminable le temps qui m'en séparait.

Segonde parut enfin, portant le potage et, le bénédicité récité, nous prîmes place. Vers le milieu du repas, pour fêter la dinde rousse et gonflée, la servante prit devant le feu un flacon de vin vieux qu'elle avait mis à tiédir, et emplit nos verres, en insistant sur l'âge respectable de la bouteille qu'elle disait « être née » avant moi. Je ne me souciais guère du vin vieux dont le fumet de truffe m'écœurait, mais on me forçait à le boire pour les forces qu'il devait me donner. Ma tante se contentait d'y tremper ses lèvres, et semblait ne chercher là qu'un prétexte à se souvenir. À demi-mot, avec son amie, elle rappelait la chaleur torride de l'année qui avait donné ce vin ; la maison fermée où l'on vivait dans l'attente du soir ; les lueurs d'incendies, au-delà du fleuve, vers les Landes ; les vendanges plus abondantes que jamais, parce qu'une pluie providentielle était tombée après les prières publiques de septembre... La lumière jouait sur le liquide, dans le verre où se heurtaient des reflets chauds. Qu'y voyait-elle encore qui faisait ses yeux fixes et son sourire mystérieux ? Mlle Aurélie regardait aussi, bien loin, par la fenêtre qui l'éclairait en face, et j'eus soudain l'impression, comme aux repas où se taisait mon père, d'être tout seul, près de ces deux femmes dont la pensée retournait aux étés d'autrefois, aux jours d'avant ma naissance, pour y retrouver le soleil d'alors, leur jeunesse et le rire de ceux-là qui n'étaient plus.

Je laissai la table dès l'entremets et passai au jardin. Les cloches y jasaient en langue claire ; celles de la ville et celles encore des villages voisins. J'avais souvent pensé que notre jardin était leur lieu de causerie ; je les écoutais s'y retrouver et se parler, dans le grand calme du dimanche, et je me disais que c'était peut-être la venue de ma mère qu'elles s'annonçaient mutuellement. J'eus l'idée de faire un bouquet pour orner la chambre qu'il m'allait falloir céder. Rien ne cachait la terre brune des massifs, mais, sur le mur bas dont il disjoignait les pierres, le lierre, parmi son feuillage lustré, offrait des grappes rondes de menus fruits que je me mis à cueillir. À ce moment, une femme au mouchoir noué sous le menton ouvrit le portail et prit l'allée. Je reconnus en elle la domestique de la directrice des Postes et la rejoignis à la cuisine assez tôt pour la voir remettre à Segonde effarée la dépêche qu'elle apportait. Elle assurait, de la part de sa maîtresse qui avait reçu le télégramme, que celui-ci n'offrait aucun sujet d'inquiétude. Ma tante ne l'ouvrit cependant qu'avec le plus grand trouble, et nous apprit enfin que ma mère remettait son voyage, et qu'il ne fallait pas compter sur elle ce jour-là.

Je regagnai le jardin. J'allai sans savoir jusqu'à la charmille, sur le banc de laquelle je m'assis. Les cloches battaient encore, mais ma joie morte ne leur prêtait plus de voix. Le paysage, baigné de lumière affaiblie, se découvrait tout entier, à travers les arbres dépouillés. Soudain, je m'entendis appeler dans le jardin… Je ne répondis pas, un second appel retentit en vain ; puis une porte se referma ; on ne me chercha pas davantage.

Quand plus tard je rentrai, j'appris que ma tante et Mlle Aurélie s'étaient fait conduire à la ville. Je m'assis dans la cuisine où Segonde réparait le désordre du repas. Elle retira du feu l'eau qu'elle y avait mis à chauffer dans une lourde bouilloire, et l'emporta au réduit voisin où je l'entendis bientôt remuer les plats et les assiettes qu'elle lavait. Une fine buée voilait les carreaux des fenêtres, le jardin s'effaçait peu à peu. Alors, comme je retrouvais, au fond de ma poche, les prunes dérobées le matin, les larmes jaillirent, que je m'efforçais depuis trop longtemps de retenir.

★

Elle vint enfin. Nous dûmes veiller pour attendre, après le dîner, le train tardif qui l'amenait. Elle me parut plus pâle et plus grande. La voilette relevée faisait un bandeau sur son front. Elle s'émut de nous revoir, et me tint longtemps embrassé.

Nous nous rassîmes autour de la lampe, sous laquelle fumait une tasse de lait qui était tout ce que la voyageuse consentait à prendre. Je la regardai dans la demi-clarté filtrée par l'abat-jour ; ses yeux restaient tristes, et le coin de sa bouche avait cette fossette que je connaissais. Elle s'informa de ma conduite, de la peine que j'avais dû donner, et comme on l'assurait de mon obéissance, elle ajouta qu'il était temps que je devinsse sérieux.

J'eusse passé la nuit à l'entendre, mais elle me pria de monter en m'assurant qu'elle aurait vite fait de me rejoindre. Je me couchai avec confiance et l'attendis, les yeux ouverts, dans l'ombre, de peur de laisser le sommeil me gagner. Mais bien du temps s'écoula avant qu'elle parût se souvenir de sa promesse. Je l'entendis pourtant pénétrer dans sa chambre, ouvrir son sac, et ranger sur le marbre les objets de toilette, aller, venir, se coucher enfin, et je m'endormis, réconforté de sa présence.

Ce fut elle qui me réveilla le lendemain ; elle voulut aider à mon lever. J'appris alors que le but de son voyage n'était pas de me venir chercher ; mon père désirait visiter le Midi, y séjourner probablement, et peut-être plusieurs mois... Afin de ne pas interrompre mes études, on avait décidé de me mettre en pension à V... Ma tante devait veiller sur moi, me faire sortir jeudis et dimanches, et se tenir au courant de mes progrès.

Il y eut en moi une joie sourde de ne pas retourner au chef-lieu, mais aussi le secret effroi d'une nouvelle vie, et l'ennui de voir s'éloigner ma mère qu'il m'allait falloir perdre de nouveau, et tout à fait. Le jour même, elle se rendit à V..., vit le directeur du collège dans lequel je devais entrer, convint avec lui de toutes choses, et m'informa au retour que je reprendrais, dès janvier, mes études. Elle me recommanda le travail ; me représenta le plaisir que ma bonne conduite lui causerait, ainsi qu'à mon père. Elle m'assura d'une sortie hebdomadaire à La Grangère, et me promit de m'écrire le plus souvent possible. Le lendemain, elle repartit.

La semaine s'acheva rapidement dans une inquiétude qui, tout en comblant les jours, m'en fit mieux encore saisir la brièveté. Segonde et ma tante marquaient chaque pièce de mon trousseau du chiffre qui allait être le mien. On commanda au menuisier une petite caisse qui fut garnie de chocolat et de confitures pour mes goûters, et fermée d'un cadenas dont j'eus la clef. Une autre boîte fut achetée, toute pleine d'objets de toilette qu'il fallut aussi numéroter. Pour la première fois, je me sentais en possession d'un bien propre que l'on séparait, pour qu'il me suivît, des biens communs de la maison.

Avec quelques bonbons, ma mère m'avait porté un livre de Jules Verne que je me mis à lire sur-le-champ, pris de la crainte de ne le pouvoir finir avant la rentrée. L'état d'esprit dans lequel je me trouvais me rendait infiniment propre à partager l'émotion des héros, à frémir de leurs aventures, et les prodigieux événements rapportés par l'auteur restèrent longtemps mêlés, dans ma mémoire, au sentiment venu de ces derniers jours de l'année qui s'achevait avec ma liberté.

2

L'épreuve fut telle de ma nouvelle vie que le dortoir retrouvé chaque soir me parut un asile où je goûtais le bonheur de n'avoir plus rien autour de moi des cris et des bruits de la journée.

Dès le coucher, j'y pouvais connaître le calme et m'y retrouver d'autant mieux que la présence silencieuse de mes camarades suffisait à me garder de toute crainte nocturne. Il nous fallait monter, le repas terminé, dès huit heures, et chaque élève se hâtait si bien à se dévêtir que la plupart n'entendait point le coup lointain de l'horloge sonnant la demie sur la ville. Je m'endormais moins vite, et seulement lorsque le dortoir sommeillait lui-même dans la pénombre, après le passage du veilleur.

Dès les premières nuits où je l'aperçus, cet homme qui faisait l'ombre sur nous, et qu'on ne rencontrait jamais le jour, m'inquiéta. Il entrait d'un pas claudicant qui balançait sa lanterne sourde. De mon lit, je le voyais se hausser sur une jambe pour atteindre la lampe suspendue du côté que j'occupais ; elle éclairait un instant sa grimace, mais un tour de clef étranglait la belle flamme bleue qui agonisait en hoquets. L'homme gagnait ensuite le fond de la salle, l'ombre semblait, par bonds, suivre sa lanterne, et l'obscurité devenait complète dès qu'il éteignait l'autre lampe. Il sortait aussitôt, et on l'entendait verrouiller la porte : mais on distinguait alors la veilleuse oubliée devant les longs plis des rideaux fermant l'alcôve du maître. Une pénombre douce s'établissait autour de la vacillante clarté, qui faisait plus irrésistible la sollicitation du sommeil.

À ce moment, les jambes frileusement repliées osaient se détendre et tâter les profondeurs de la couche qu'elles tiédissaient peu à peu. Les fenêtres, en face de moi, avaient dans le bas des vitres dépolies, mais, par les carreaux du haut, s'apercevaient la pure nuit d'hiver et ses astres. Quelques souffles commençaient de s'élever des lits où le sommeil gagnait de proche en proche. Les plus robustes, lassés des jeux de la journée, succombaient les premiers, la bouche ouverte, leur rauque sifflement s'entremêlant de paroles vagues. D'autres paraissaient résister, secouer l'emprise, puis s'abandonnaient avec un soupir, résignés d'avance aux cauchemars probables.

Je ne cédais que le dernier, jouissant de la paix retrouvée, sauvé des heurts de la cour, de la contrainte de l'étude, savourant en moi-même l'amertume de mon isolement. Je me plaçais sur le côté, la face tournée vers la clarté, pour m'attarder à contempler sous mes paupières d'étranges lueurs qui s'étiraient. Il m'arrivait d'entendre sonner neuf heures, avec un drôle d'écho qui doublait chaque coup et me faisait me tromper en les comptant. Le dernier train sifflait dans la campagne ; chaque robinet du lavabo laissait, à son tour, tomber une goutte claire ; j'écoutais la chanson formée se reproduire indéfiniment, et c'était enfin le consentement de tout mon être, la chute aux pays inférieurs où passent les ombres terribles ou bizarres qu'on se rappelle y avoir connues, en se réveillant, le matin.

★

C'est à la lueur des lampes rallumées que nous laissions nos lits au réveil. Des étoiles brillaient encore sur la cour que nous traversions pour gagner l'étude éclairée où le poêle ronflait sans chauffer; les portes vitrées se refermaient sur nous, le maître s'installait à la chaire, la journée commençait.

J'occupais une des tables de la première rangée avec un élève de ma classe un peu plus jeune que moi. Il avait une face ronde que fendaient des yeux craintifs et une bouche souriante; une blouse noire, serrant son cou mince, tombait en cloche autour de lui; ses doigts étaient enflés d'engelures. Dès le premier jour, il me demanda, pour l'écrire en belle cursive sur mes cahiers et mes livres, mon nom qui l'égaya. Il m'apprit qu'il s'appelait Charlot et qu'il avait chez les Moyens un frère très fort en gymnastique. Il me montra, dans une boîte de savonnettes dont ils prenaient le parfum, des bons points bleus et roses que sa conduite lui avait valus. En retour, je tirai de mon plumier de cuir bouilli qui fleurait la pomme les sous neufs trouvés à Noël dans mes souliers; mais il sourit quand je lui dis de quelle main divine je pensais les tenir. Je le vis se pencher vers un camarade qui me regarda curieusement. Une nouvelle courut de proche en proche; je fus gêné et serrai ma monnaie d'or. Charlot se rapprocha de moi. Il lançait en parlant de fréquents coups d'œil à la chaire, et répondait autant qu'il le pouvait de la tête, avec le même sourire pour dire oui et pour dire non. Il parut tout à coup figé sur son livre, et mon insistance à l'en tirer me valut un rappel du maître qui nous regardait depuis un instant. C'était un jeune homme d'aspect soucieux, qui travaillait à l'aide d'épais dictionnaires, et devait souvent laisser sa besogne pour réprimer quelque bruit, renseigner les élèves embarrassés ou en exciter d'autres au devoir dont ils se laissaient distraire.

Quelques-uns apportaient de l'application à leur tâche, mais, dès que le poêle devenu rouge répandait sa chaleur, la somnolence pesait sur cette étude du matin. Je n'y échappais guère, et je ne me penchais sur mon livre que pour mieux cacher mes yeux lourds. Parfois, le ciel se colorant derrière les arbres de la cour attirait l'attention de l'un de nous qui montrait aux autres ce prétexte à s'extasier. Il s'empourpra tellement à certaines aurores que plusieurs se demandaient, rêvant d'incendie, ce qu'ils sauveraient d'abord de leur casier.

Mon autre voisin, Calvat, était court et robuste ; l'immobilité lui devenait si pénible dès qu'il l'observait un quart d'heure qu'après avoir vainement sollicité l'autorisation de sortir, il tentait d'obtenir du maître celle de ramasser le papier sous les tables. Cela lui permettait d'errer à quatre pattes entre nos bancs et de se rapprocher du poêle sous le prétexte d'y porter les détritus. Mais le maître devait encore veiller à ce que nul d'entre nous n'encourût le risque de brûlures : il chassait Calvat, qui découvrait alors que la boîte à eau placée sur le couvercle était vide et s'offrait à l'aller remplir à la fontaine afin de tenter, au retour, une station près du foyer.

Entre le poêle et la chaire, se trouvait une table réservée aux élèves que le maître tenait à ne pas perdre de vue. L'élève qui l'occupait en profitait pour faire griller, chaque matin, un morceau de pain gardé du repas de la veille, afin d'en agrémenter son premier déjeuner. Il paraissait s'absorber dans une lecture et tendait derrière lui, vers le fourneau rougi, son bras armé d'une règle au bout de laquelle la tranche de pain était fixée. Le maître ne pouvait rien voir, et l'étude habituée ne prêtait plus attention à ce manège. Je sus que cet élève s'appelait Ravet et que son incapacité d'apprendre le faisait mépriser. Sa maigreur était extrême, et des vêtements trop courts l'accentuaient. Il marchait courbé, les coudes en dehors, et ses poignets quasi violets ne parvenaient pas à se dissimuler dans ses poches.

Une fois, nous eûmes par lui un grand sujet de rire. Sans qu'il s'en aperçût. Calvat vint enlever le pain piqué à l'extrémité de la règle et, longtemps, l'étude se divertit du geste inutile que continuait Ravet. Le maître promenant sur nous des yeux inquiets, quelques regards lui désignèrent l'élève qui provoquait le désordre et dont la surprise déchaîna notre gaîté, lorsque Calvat, se haussant de son mieux, vint poser le pain à demi grillé sur la chaire.

Le maître rétablit le silence et, la cloche sonnant le « petit-déjeuner », nous dûmes tout laisser pour nous mettre en rang et sortir.

★

Je fus, dès les premières récréations, l'objet d'une curiosité qui s'apaisa vite sur mon refus de jouer; la raillerie d'un élève, qui avança que j'attendais peut-être le Père Noël excita le rire, puis le vide se fit autour de moi. Seul Charlot demeura; il me montra son frère poursuivant le ballon. La figure du grand Charlot était alors si froncée qu'on l'eût dit forcé de jouer. Lors d'une récréation de quatre heures, je le vis venir vers mon camarade, lui enlever, sans presque le demander, le morceau de pain que le petit mangeait lentement, et retourner au jeu en doublant les bouchées. Le pain, cependant, ne nous était pas refusé; il suffisait, la distribution faite, d'aller à la dépense pour en avoir encore; c'est à quoi se résigna Charlot quand il eut les mains vides, il m'en rapporta même un morceau que je pris sans faim.

Le froid était vif pour nous qui ne courions pas, mais circuler dans le tumulte de la cour m'effrayait et il ne venait pas à l'idée de Charlot que quelqu'un put vouloir de lui dans un jeu. Il n'y avait que deux cours séparées par une large allée; l'une pour les Grands, l'autre pour nous, entre lesquelles les Moyens se partageaient suivant leur âge. Dans la nôtre, le groupe le plus important s'attribuait le ballon que l'on chassait d'un camp à l'autre en s'excitant de la voix. D'autres élèves jouaient au chasseur et s'atteignaient d'une balle en jetant des cris. Plusieurs autres, fils de fermiers des environs, se réunissaient pour se distraire entre eux et parler leur langue paysanne. Malgré la saison, ils jouaient aux billes d'une main engourdie, tandis que l'autre main, à l'abri dans leur poche, y comptait le pécule amassé.

Le maître allait et venait le long de la barrière, suivi de deux élèves qui causaient avec lui. Le fond de la cour n'était qu'à demi clos par la façade de la chapelle. Une haie dévêtue laissait voir quelques arbres, le jardin potager jusqu'au mur de clôture, au-delà duquel s'étendait la campagne que dominait un coteau lointain portant des toits, et la tour carrée d'une église. La cloche sonnant en avance, à cause du crépuscule prompt, soulevait une protestation générale ; mais il fallait rentrer et, sous le gaz rallumé, nous reprenions les cahiers et les livres.

Il y avait d'abord un tumulte général dans lequel chacun s'occupait à extraire de son casier fixé au mur les objets nécessaires au travail de la soirée. Le maître y mettait fin d'un ordre rapide jeté aux plus lambins, et, peu à peu, le calme rétabli, l'étude prenait sa bonne tenue habituelle. Au vrai, plus d'un continuait en esprit la partie interrompue et, courbé, le porte-plume aux dents, s'oubliait à contempler par le vitrage des portes la montée de l'ombre dans les branches ; d'autres achevaient de manger en cachette le pain fourré dans leur poche pour courir plus librement, et qui semblait meilleur à cette heure. Les cinq coups de l'horloge tombaient, un à un, dans la cour ; l'angélus aussi y venait battre… Je songeais à La Grangère, aux crépuscules sur le jardin, au feu plus vif dans le gris de la petite salle, à ma tante qui se signait, aux beaux devoirs que j'eusse faits sous la lampe.

D'un petit coup frappé sur la chaire, le maître me rappelait à la tâche, et ses yeux me fixaient, les sourcils rapprochés. Il était sévère, mais ne s'accordait rien de plus que ce qu'il nous permettait. Il ne se chauffait jamais au poêle, se montrait exact, et n'apportait en étude que des livres de travail. S'il punissait durement une légère désobéissance, il suffisait d'un peu d'application, de bonne volonté témoignée pour le faire revenir sur sa vivacité. Il s'appelait M. Laurin. Une fois, j'eus besoin d'aide pour mes problèmes que je ne comprenais pas toujours très vite, je me rendis près de lui. Il eut un geste d'impatience et m'écarta de la main, mais me retint aussitôt par le bras. Je le vis continuer de chercher un mot sur le dictionnaire, y renoncer, puis me demander avec douceur ce que je désirais.

Ces études du soir étaient gênées par la présence des externes qui demeuraient jusqu'à sept heures et ne laissaient pas une place vide ; après leur départ, les rangs moins serrés, un peu d'air venu par les portes entrouvertes, une détente se faisait. Ceux qui montraient au maître leurs devoirs achevés pouvaient prendre un livre dans la bibliothèque ou, si tous les avaient terminés, M. Laurin lui-même lisait un conte pour récompenser notre sagesse. En un clin d'œil, les tables étaient débarrassées, les bras croisés, l'attention suspendue ; le gaz seul bruissait comme un essaim de mouches parmi les aventures fantastiques où passaient des bêtes fauves et des chasseurs.

Les récits les plus simples avaient moins de succès et n'obtenaient pas le même silence. Pourtant, rien ne pénétrait mon âme comme l'histoire de Blanquette, la chèvre de M. Seguin, que je suivais dans son escapade.

« *Tout à coup, la montagne devint violette ; c'était le soir... Reviens, reviens, disait la trompe... Hou, hou, faisait le loup...* – Il la mange à la fin », me souffla Charlot, au cours de la première lecture, et il hochait la tête d'un air grave. Ses mains se gonflaient si fort à la fin de la soirée qu'il me disait, en les posant sur la table : « Regarde mes crapauds. » Le doigt qu'on y appuyait y laissait une trace claire, il les frottait lentement sur le drap de sa culotte, avec une grimace souriante, sans cesser d'écouter de son mieux.

La cloche du dîner interrompait la lecture. Il fallait sortir en rang dans la nuit froide et tout à fait noire, et laisser passer les Moyens qui se moquaient de nous voir parler du conte que nous venions d'entendre.

★

Ce fut pendant les récréations où je continuais de rester spectateur que j'appris à mieux connaître mes camarades. Rupert était roi ; il dominait moins par sa force brutale que par son adresse au jeu. Campé sur ses jambes écartées, il rejetait son bras en arrière et lançait la balle qui rebondissait en touchant le but ; son coup de pied dans le ballon retentissait et chassait celui-ci à travers la cour et, parfois, au-dessus de la haie, jusqu'au fond du jardin. Si le ballon se « logeait » dans les branches, c'était lui qui, à coups de boules en bois, le faisait choir. C'était là un événement fréquent qui rangeait la cour entière en demi-cercle autour de son chef. Calvat courait après les boules qu'il rapportait, et les Grands eux-mêmes, intéressés, s'accoudaient sur leur barrière, de l'autre côté de l'allée.

Parmi toutes les autres éclatait la voix de Rupert ; à chaque instant, elle s'élevait pour jeter des ordres, une excitation à combattre, ou des reproches qu'il clamait, la main tendue vers les maladroits. En général, on ne lui répondait point ; le grand Charlot, seul, essayait de tenir tête et de se justifier, mais une telle colère empourprait la face de Rupert, sûr de son droit, que l'autre n'osait plus insister. À se dépenser ainsi, la chaleur lui venait vite ; il quittait sa veste qu'un petit accrochait à la balustrade ou gardait sur le bras. Son torse apparaissait, pris jusqu'au cou dans un maillot de laine bleue qui faisait valoir ses cheveux bruns, ses jambes toujours nues étaient rouges ; on ne lui savait pas d'amis, il semblait dédaigner la division entière, et ne s'intéresser qu'aux Grands qui lui parlaient parfois, d'une cour à l'autre.

Un seul des nôtres pouvait avoir quelque crédit près de lui, Méjean dont la sympathie le flattait. Méjean était le mieux vêtu des internes, sa casquette de touriste et ses souliers de cuir fauve excitaient l'envie, sans qu'on pût s'en procurer de semblables. Il portait, comme Rupert, un maillot de couleur foncée, mais le col et les poignets s'ornaient de laines claires, et la moindre déchirure suffisait pour qu'il en changeât. Rupert le prenait dans son camp, excusait les fautes qu'il lui arrivait de commettre, et se coiffait toute une récréation de la casquette convoitée que son béret remplaçait sur la tête de Méjean.

D'autres élèves s'agitaient autour d'eux, que je ne connaissais pas encore ; il y avait un groupe qui ne jouait jamais. Ravet s'isolait et rejetait toute tentative de causerie en répétant avec un ricanement, et sans y répondre, les paroles qu'on lui adressait. Il allait, tête basse, les mains pendantes ou à demi rentrées dans ses poches trop courtes, les yeux aux cailloux de la cour parmi lesquels il ramassait sans cesse quelque chose ; il trouvait ainsi des billes, des boutons de chemise et d'uniforme, des canifs, des gommes, des porte-plumes, des crayons, et même de l'argent. Il rendait pour un ou plusieurs bons points, suivant leur importance, les objets qu'on ne manquait pas de lui réclamer sitôt leur disparition constatée ; mais il faisait d'abord la sourde oreille, exigeait force détails, cherchait à faire prendre en échange un bibelot de moindre valeur, et ne restituait le plus souvent que sous la menace de coups.

Florent et Mouque se promenaient ensemble et se récitaient les leçons l'un à l'autre. Ils avaient les yeux également noirs mais ceux de Florent étaient empreints de douceur, et si grands qu'on les eût dits sans cesse étonnés, alors que le regard de Mouque, qui grognait pour rendre un service, restait boudeur sous des sourcils inclinés. Lorsque la balle venait près d'eux, ils la renvoyaient au jeu, et le coup de pied de Mouque était toujours rageur.

Deux autres encore causaient de préférence avec le maître, qu'ils venaient prendre pour juge après avoir disputé entre eux ; ils en arrivaient parfois à faire cercle autour de leur querelle. Rupert intervenait alors, les séparait en écartant les bras, mais ils continuaient à s'adresser de loin les arguments qu'ils jugeaient propres à convaincre. La discussion portait toujours sur quelque point de leur lecture : existence du *Nautilus*, ou difficulté pour l'obus de Jules Verne d'atteindre la lune. Ils étaient tous les deux de petite taille et inaptes au combat : l'un, Terrouet, avait un profil mince au menton aigu ; l'autre, Bereng, les joues gonflées, les yeux saillants, la bouche pleine de bonnes raisons qu'il ne pouvait arriver à dire. Séparés de force, ils prenaient à témoin ceux qui les emmenaient, les gagnaient chacun à sa propre cause, et revenaient suivis de partisans pour reprendre le débat. Ils le portaient enfin d'un commun accord devant M. Laurin, et restaient jusqu'à la fin de la récréation aux côtés de celui-ci. Bereng était né en Espagne et ne s'exprimait qu'en phrases compliquées où il s'appliquait à faire entrer les mots les moins usuels glanés dans ses lectures. Terrouet le démontait par sa raillerie et l'inextinguible rire dont il était saisi, plié en deux comme par une colique ; ils ne se frappaient jamais, et M. Laurin arrivait, quelquefois, à les mettre d'accord.

Charlot s'intéressait comme les autres aux incidents survenus ; il demeurait le plus souvent adossé à la barrière, les yeux fixes, ses mains sous la blouse, sifflotant entre ses dents serrées, sur lesquelles ses lèvres s'écartaient, des airs de petites danses, des *morceaux* de Streabbog dont il connaissait tout le répertoire, à force de l'avoir entendu lorsqu'il allait chez sa mère qui était professeur de piano. Je sus qu'on l'appelait

« Petit vieux » parce que son front bombé se ridait dès qu'il regardait en face.

★

Il m'arrivait encore d'être tiré du sommeil par le passage du veilleur. Deux ou trois fois chaque nuit, il traversait le dortoir de sa marche boiteuse ; sa lanterne projetait un secteur clair sur le plancher, il l'élevait jusqu'au visage du dormeur qui parlait haut, et secouait l'extrémité du lit de fer pour obtenir le silence. Je m'éveillai, une fois, comme il fermait le lavabo ruisselant depuis des heures, et dont le bruit d'eau mêlait à mon rêve une impression d'interminable pluie. La plupart du temps, il passait comme une vision de plus dans le songe de ceux qui le pouvaient entrevoir. Derrière lui se reformait la pénombre tranquille. L'alcôve était un temple devant lequel palpitait la veilleuse, les longs plis des rideaux semblaient frémir ; les haleines montaient, paisibles ou nasillardes, haussées, par instants, jusqu'au ronflement.

Rupert, qui était mon voisin, dormait d'un sommeil lourd où, sans l'en tirer, les rêves tumultueux le pouvaient assaillir. Il lui arrivait d'y continuer son rôle bruyant de la journée, de crier des noms, une injure, de lever le bras ou de sursauter comme retenu en des liens étroits. Quelque enrhumé toussait par quintes folles qui le forçaient d'ouvrir les yeux, et de s'enfoncer sous les couvertures pour étouffer l'accès. À toute heure, sans fin, s'élevait la plainte dont Florent se berçait lui-même ; il passait inaperçu dans le jour par son application et son silence, mais, dès que le sommeil l'avait pris, un gémissement s'échappait de ses lèvres et ne cessait plus jusqu'au matin.

De mon lit, je distinguais celui de Bereng, à quelques pas du mien dans la rangée, plus sombre à cause des vêtements dont il était couvert. Sa place était enviée, parce que la cheminée des cuisines suivait le mur à cet endroit et répandait un peu de chaleur, mais Bereng, encore qu'il fût ainsi favorisé, ne consentait à se dévêtir que sur l'ordre réitéré du maître. Il le faisait alors dans une grande précipitation, et sautait sur sa couche où il s'accroupissait, avec un claquement de dents que l'on entendait malgré le soin qu'il prenait d'appuyer la mâchoire sur ses genoux serrés. Le maître revenu le forçait à se glisser entre les draps, sans pouvoir obtenir qu'il étendît ses jambes frileusement ramenées contre le corps. Les lampes éteintes, M. Laurin rentré dans l'alcôve, Bereng tirait à soi veste et culotte et les disposait sur son lit; tout à côté, celui de Méjean se gonflait d'un bel édredon rouge.

Quelques bruits venaient du dehors; pas sonores dans la rue, chanson à mi-voix d'un passant, longs miaulements de chats en lutte sournoise, mais un grand calme s'étendait le plus souvent autour de nous, et la respiration même du dortoir invitait à la somnolence. Gernon se levait quelquefois, disait-on; Charlot croyait l'avoir vu, debout, au pied de son lit, une nuit, les yeux dilatés, tâtonnant dans la longue chemise... Peut-être aurais-je eu peur d'être réveillé par lui, mais il était loin de moi, de l'autre côté de l'alcôve... Mes yeux mi-clos suivaient le tremblement de la veilleuse, la flamme semblait animée et s'agiter de plus en plus jusqu'à me paraître vivante et devenir un lutin joueur et dansant, au moment où le sommeil revenait fermer mes paupières.

⋆

Trois semaines passèrent sans que l'on me permît de revoir La Grangère. Segonde, qui venait me porter des fruits ou des confitures, prétextait je ne sais quelle indisposition de ma tante; je pense que celle-ci ne faisait qu'obéir aux conseils du directeur, et que c'était pour m'habituer mieux à ma nouvelle vie qu'on me privait d'en sortir. Je m'en plaignis à ma mère. Je lui écrivais le jeudi et le dimanche, seuls jours où nous fussions autorisés à correspondre; je l'aurais fait plus souvent si j'avais pu, comme mes camarades, cacher mon travail, mais j'occupais la première rangée de tables en étude et mon papier à lettres était rose. Le maître se serait bien vite aperçu de ma témérité. Dans ses réponses datées d'une petite ville de Provence, ma mère me demandait de prendre patience, de travailler bien, de n'être pas triste, et m'assurait de sa grande affection. Je gardais ses lettres sur moi et les relisais chaque soir, mes devoirs achevés; en me couchant, je les glissais sous mon traversin.

Il me fallut suivre, outre celle du jeudi, la promenade du dimanche, qui m'était plus pénible encore. La ville que nous traversions, rangés par deux, avait son air de fête, et les gens s'arrêtaient sur les allées pour nous regarder passer. Un peu de fierté me venait de mon uniforme; je l'oubliais à voir les enfants simplement vêtus qui tenaient la main de leur mère. Les dernières maisons dépassées, le maître donnait le signal et, les rangs rompus, nous allions, groupés à notre gré.

J'éprouvais d'abord quelque joie de me trouver à l'air libre et devant la campagne, puis, peu à peu, je ne sais quelle langueur me pénétrait, les champs étaient déserts, les logis fermés, des appels aux vêpres traînaient sans qu'on pût deviner où sonnaient les cloches; on eût cru, par moments, qu'elles tintaient très haut, au-delà de la voûte grise du ciel. Nous marchions d'un pas mesuré que le maître hâtait quand il le jugeait trop peu rapide pour le parcours imposé. Ce n'était pas toujours M. Laurin qui nous conduisait mais, quelquefois, le maître des Moyens, dont la moitié des élèves se joignait à nous. Il était violent, aigri par sa division difficile et se montrait dur, même avec nous. Quel qu'il fût, le maître ne voulait pas qu'on demeurât en arrière.

On avançait en causant, le long de la route, à deux ou à plusieurs suivant les sympathies. Certains allaient seuls;

j'étais souvent de ceux-ci. Les herbes commençaient à pousser aux pentes des fossés et, dans l'épaisseur épineuse de la haie, restaient piqués les fruits rouges de l'aubépine ou la menue poire orangée de l'églantier. Il traînait une odeur de feuilles roussies ; au loin, après les champs de vignes où se profilaient des arbres nus, l'horizon pâlissait sous un voile de brouillard fin. Charlot ramassait des cailloux : il ne cessait pas de se baisser, croyant toujours trouver le plus rare, qu'il jetait bientôt à la vue d'un nouveau. Il finissait par gonfler les poches vides de l'uniforme, autant que l'étaient, dans la semaine, celles de son tablier où se trouvaient ensemble un mouchoir, de la ficelle, une toupie, des bons points, de la craie, un couteau et, quelquefois, des choses plus inattendues qu'eût pu lui envier Ravet. Parmi ces cailloux ramassés en chemin, il m'en montra de polis comme des dragées, d'autres translucides qu'il pensait être pleins d'une eau congelée. L'un d'eux, plus rugueux, cassé par la masse du cantonnier, laissait voir un cœur cristallin, violet clair, qui me rappelait les grains du chapelet que ma tante disait à l'église ; deux galets plus gros, choqués ensemble, donnaient une étincelle et sentaient la pierre brûlée. Charlot allait de trouvaille en trouvaille, comme si la route eût été semée d'un trésor sur lequel les autres passaient en traînant les pieds. Devant nous, marchaient Bereng et Terrouet, chacun parlant haut au sein d'un groupe et cherchant à s'intéresser mutuellement. Les Moyens, que Rupert et le grand Charlot escortaient, menaient la colonne ; ils allaient si vite qu'il fallait leur crier d'arrêter, plusieurs fois par promenade. Durant l'une d'elles, ils tentèrent d'allumer des cigarettes, mais la fumée les trahit, et M. Laurin nous contraignit à faire halte pour les tancer sévèrement.

L'itinéraire fixé d'avance nous ramenait au collège dès le crépuscule. Les premières lueurs naissaient aux fenêtres de la petite ville ; les promeneurs regagnaient le foyer, nous rentrions aussi. Il fallait rapidement reprendre au dortoir les vêtements ordinaires ; le goûter nous attendait dans la cour silencieuse : les études ouvertes commençaient de s'allumer.

La cloche sonnait alors l'heure la plus lourde de la journée. Notre effectif réduit par les permis de sortie laissait vide la moitié des bancs, ce qui nous forçait de penser aux absents heureux. Oubliés ou punis, nous étions ceux que le dimanche avait déçus. Pendant la monotonie de la semaine, nous persistions à attendre de lui notre part de joie hebdomadaire. La messe ouïe dès le réveil, à la chapelle, nous semblait déjà une promesse ; la matinée passait, partagée entre l'étude et la cour ; la promenade, malgré l'ennui de l'habillage, l'inspection au départ, nous distrayait encore ; mais, au retour, la seule perspective nous restait de trois heures d'immobilité sous les hautes lampes, d'un dîner rapide et du coucher prompt… Il fallait bien s'avouer que le dimanche n'avait pour nous rien tenu de ses promesses. Les livres de contes ne nous tentaient même plus ; Bereng les connaissait depuis quatre ans et, couché sur sa table, répondait : « Je m'ennuie ! » à M. Laurin qui le priait de se mieux tenir. Moi-même, je n'ignorais rien de la « Bibliothèque Rose », et les voyages me lassaient. Les plus sages jouaient à pousser un morceau de papier le long des diagonales d'un carré dessiné à la craie, ou à chercher des noms de villes sur la carte d'Europe ; Mouque, seul, trouvait le courage de repasser pour le lundi les leçons apprises la veille.

Si quelques rires s'étouffaient dans le fond, M. Laurin ne levait même pas ses yeux qu'un moindre bruit inquiétait en temps ordinaire… La flamme du gaz se reflétait dans les vitres noires ; il semblait que les heures eussent doublé et que la cloche ne nous délivrerait point.

Un par un, rentraient les élèves sortis le matin. Nous nous glissions auprès d'eux pour leur faire conter leur journée. Leur correspondant les avait promenés au bord du fleuve, parmi les familles et les enfants de la ville ; ils disaient avoir aperçu des externes, et rapportaient des oranges dont on avait chargé leurs poches au départ. L'uniforme gardé les distinguait encore, et leurs yeux montraient une joie qui n'était pas dans les nôtres. Il en venait d'autres aux repas ; ils s'asseyaient près de nous sans vouloir toucher à leur part, qu'ils cédaient aux voisins ; les derniers nous attendaient au pied de l'escalier du dortoir. Méjean seul rentrait après l'heure, alors que le maître lui-même était couché, et la longue salle pleine d'un sommeil que faisaient plus pesant le grand air respiré et la marche inaccoutumée ; mais je l'entendais gagner sa place sur la pointe des bottines qui craquaient, dévêtir sa chemise roide, croquer un dernier biscuit, ou laisser tomber de sa poche des noisettes qui roulaient sous les lits.

★

J'eus enfin, en me réveillant un dimanche, la joie de penser que j'allais sortir dans quelques heures : j'en avais reçu l'assurance la veille par Maria, venue me dire, en se rendant au marché, que ma tante me prendrait au retour de la grand-messe. Lorsque la voiture m'emporta, je souhaitais en moi-même que ce fût pour longtemps ; puis un tel besoin de parler me saisit que je persistais, malgré le tapage des vitres, à renseigner ma tante sur le règlement de ma nouvelle vie. Elle se perdait dans la distribution des heures, mais je me répétais avec complaisance, au point de ne pas m'apercevoir que nous arrivions.

Il me fallait reconquérir mon domaine ; je parcourus le jardin que j'avais laissé mort et qui s'éveillait. De hâtifs perce-neige jaillissaient partout et, sous ses feuilles recroquevillées, je découvris une violette sans parfum que je cueillis. Le temps était doux, je me sentis libre, un grand bonheur vint en moi, et la journée tout entière fut heureuse.

Les dimanches redevinrent alors la halte certaine que je pouvais espérer durant l'étape de la semaine. Je ne vivais que pour eux et dans la plus grande sagesse, de peur que la joie que j'en attendais me fût ôtée. Le samedi me devenait insupportable et me paraissait exagérer sa longueur. Je ne pouvais imaginer que mes camarades s'éveillassent, le lendemain, résignés à vivre ce jour-là comme les autres, et je ne songeais pas sans frémir au temps où j'étais aussi prisonnier. Je trouvais à chaque visite quelque nouvelle corolle ouverte. Après les perce-neige flétris sous les dernières nuits froides, les crocus étaient sortis en collerette jaune ; il me semblait qu'ils la prenaient pour me recevoir… Les jacinthes doubles gonflaient leur grappe rose ou blanche, puis ce furent les anémones et les longs jets tendres des lilas, en même temps qu'au bout des branches, les bourgeons de marronnier s'ouvraient en gousses trop mûres. Les rosiers se hasardèrent à déplier d'humbles feuilles transies et toutes roses dans la lumière ; des pousses dont je ne savais ni le nom ni la fleur crevaient la terre friable des massifs ; un jour, je trouvai des pervenches. Je priai ma tante de me laisser inviter Charlot ; il n'osait accepter sans son frère, mais celui-ci ne se montra point jaloux de le suivre et je pus amener mon camarade.

Le plaisir le fit presque muet, il manifestait un grand respect envers Segonde et levait sur ma tante des yeux reconnaissants. Nous tentâmes de jouer dans le jardin, mais toutes les choses l'attiraient. Il se pencha au bord du bassin où vivaient deux poissons gris qui passaient et repassaient sous le reflet de notre visage. L'herbe fourmillait au soleil de bestioles plates et rouges, marquées de noir sur le dos ; Charlot m'assurait que c'était leur nom que chacune portait ainsi écrit à l'encre, pour ne pas se perdre. Elles allaient le plus souvent liées par couple, et marchaient de côté. Il découvrit des escargots sous le buis des bordures, et se mit à les recueillir dans sa casquette pour les porter aux poules que nous regardâmes les décortiquer d'un bec brutal sur le sol. Leur caquetage et leur œil curieux amusaient Charlot ; il remarquait la prudence avec laquelle elles posaient à terre leur patte un instant repliée. L'ombre les vêtait de serge noire, mais leur plumage imbriqué devenait au soleil une moulante armure qui luisait. Nous prîmes dans le foin leurs œufs tièdes et les portâmes à la cuisine comme on nous appelait pour le goûter. Sur le pas de la porte, Segonde nous tendait des tartines où sa meilleure confiture s'étalait ; nous les mangeâmes sous la charmille dont les feuilles naissantes laissaient filtrer un jour vert. Charlot me parla de sa mère, qui vivait seule, et le laissait depuis quelque temps sans nouvelle, à cause d'un voyage qu'elle faisait. Elle l'avait confié, tout petit, à un parent dans les Landes, et ne put de longtemps l'y aller chercher. Quand elle revint, Charlot l'appela « Mademoiselle » et s'étonna de la voir pleurer ; elle l'envoya rejoindre l'aîné au collège. Elle les y surprenait quelquefois de sa visite ; je pus la connaître un jeudi, dans la cour où elle s'était avancée ; les Grands se la montraient des yeux et souriaient en parlant bas.

Le goûter terminé, nous regardions entre les branches le paysage calme du dimanche ; Charlot faisait aller ses jambes sous le banc et, les dents rapprochées, susurrait une polka qu'il aimait. Soudain, je m'aperçus qu'un œuf oublié dans ma poche venait de s'y briser. Nous nous entendîmes pour n'en rien dire, mais nous eûmes devant ma tante de tels regards de complicité que je dus avouer ma maladresse et livrer ma veste au nettoyage. Chaque fois ensuite qu'on nous servit des œufs au réfectoire, Charlot ne manqua pas de me faire signe en souriant, parce qu'ils lui rappelaient notre journée à La Grangère.

Je retrouvais, ces jours-là, l'accueil de la maison au crépuscule, lorsque devenait hostile le jardin où je m'attardais ; la lampe s'allumait, le feu brillait encore, et son reflet dansait aux panneaux du bahut. J'avais obtenu par faveur de prolonger jusqu'au lundi matin mes sorties ; je savais que le sommeil seul finirait ma soirée et que toute la nuit me séparait du départ. Les heures passaient, doucement battues par l'horloge dans sa gaine, le livre était beau, le repas tranquille, et je me souvenais alors de ma prière.

★

Pâques approchait ; la sortie était fixée à la veille des Rameaux. Chacun de nous possédait un calendrier de poche où il biffait, un à un, les jours qui nous séparaient encore des vacances. On ne calculait plus seulement leur nombre, mais celui des heures et des minutes, sans tomber d'accord sur le résultat. Des feuilles circulèrent où nous dûmes inscrire l'heure du départ, le but du voyage et le moyen de locomotion nécessaire à celui-ci. Rupert, fils d'un propriétaire des environs, partait seul et à pied ; Florent, originaire d'une commune voisine, s'en allait avec le groupe des ruraux qu'une même voiture venait quérir. Calvat et Méjean prenaient, avec quelques autres, le chemin de fer du chef-lieu ; Terrouet descendait le fleuve, Gernon le remontait. Après avoir craint de rester, Bereng allait revoir l'Espagne et montrait sur la carte, à travers landes et montagnes, le trajet qu'il devait accomplir. Une fièvre d'impatience nous gagnait ; contenue dans notre étude, elle agitait les Grands et soulevait les Moyens que nous entendions, à travers la cloison, bourdonner en chœur ou éclater d'un bruyant rire que la voix de leur maître ne parvenait pas à dominer. Des retenues furent infligées, quelques départs retardés ; mais les maîtres se punissaient eux-mêmes, et leur sévérité désarmée s'atténuait.

Le samedi désiré vint enfin et, dès quatre heures, avec le flot des externes, une partie des nôtres s'écoula. Il me fallut attendre que Justin vînt me chercher et, comme il tardait, je vis appeler les derniers groupes que les maîtres conduisaient à leurs trams. Quelques Grands et Moyens punis devaient demeurer la nuit encore. Ravet ne sortait pas, Charlot non plus, l'aîné seul ayant trouvé asile chez son parrain. Calvat demeurait aussi; on venait de découvrir qu'il se livrait, aidé d'un externe, à un commerce d'oranges fort rémunérateur, et deux jours de consigne devaient l'en châtier. Je promis à Charlot de venir souvent le prendre, en laissant le collège à mon tour; mais du seuil où je me retournai, je le vis qui pleurait dans la grande solitude des préaux.

Je retrouvai ma vie paisible à La Grangère. Une lettre récente de ma mère y annonçait son retour prochain et sa visite probable pour la semaine suivante. Ma tante m'en lut quelques passages qui s'appliquaient plus expressément à moi, et j'y trouvai une abondance heureuse de projets et de tendresse, qui me réjouit d'autant mieux que j'étais moins accoutumé à tant d'allégresse. Dès le dimanche, nous fîmes bénir à l'église des branches de laurier fleuri qui sentaient l'amande ouverte et que Segonde fixa sous le crucifix, à la tête de nos lits. Puis, avec la Semaine sainte, un peu plus de silence sembla descendre sur les champs: la petite ville où il m'arriva d'accompagner ma tante pour le salut ou l'office du soir me parut elle-même pénétrée de recueillement. Je la crus déserte, le Vendredi et le Samedi saints; il faisait gris, un grand vent nous forçait de baisser la tête, c'est à peine si nous rencontrâmes quelques femmes se rendant comme nous aux Ténèbres ou au Chemin de Croix; leurs pas discrets s'entendaient dans la rue où des boutiques étaient closes. Nous priâmes devant le Christ voilé d'un losange violet. Les cloches ne tintaient plus: «Elles sont à Rome, m'avait dit Segonde, il faut se lever tôt pour les voir partir.» J'étais demeuré sans réponse, à cause du souvenir de Noël et de ses prétendus cadeaux, mais tant de silence me frappait. Les seules ressources de la maison suffisaient à composer nos repas; ma tante dînait d'une collation de confiture et de laitage. Je crois qu'elle ne mangea pas le jour du Vendredi saint ; elle m'assura toutefois que les oiseaux du ciel s'en dispensaient eux-mêmes ; je sentais comme une attente autour de moi.

Pendant les tièdes heures que je passais au jardin, le bruit du vent dans les branches, l'odeur d'herbe, l'enveloppe collante des derniers bourgeons que mes doigts rencontraient dans le sable, le cri des moineaux, le bouquet de fête des pommiers et les haies déjà blanches empêchaient que je fusse triste ; le verger en fleurs s'emplissait d'un parfum traînant de miel et d'amande ; des papillons l'assaillaient vers midi, puis venaient des bourdons de velours et des mouches moins vives dont le soleil traversait le corps diaphane. Ma joie n'attendait qu'un signal pour jaillir.

Ma mère arriva la veille de Pâques et nous porta les regrets de mon père, retenu au chef-lieu. Le réveil du lendemain fut une ivresse. Les baisers heureux s'y mêlèrent au chant des cloches revenues, à la fraîcheur de la route que nous suivîmes pour aller au village voisin ouïr la première messe. Ma mère et ma tante communièrent côte à côte, et je vis le soleil entrer, rouge et violet, par les vitraux du chœur. À la sortie, le bonheur était sur les visages, le désir de parler sur les lèvres, on se félicitait du temps pur. Le pauvre du seuil recevait les aumônes et, dans le ciel qui riait, tous les blancs pommiers de la terre semblaient s'être envolés !… « Jésus est ressuscité », me dit ma mère, et je le répétai après elle en l'embrassant. Son front, soucieux d'habitude, resplendissait ; des bandes de blé nouveau divisaient les labours roses. Elle me dit encore : « Comme ce beau temps fait aimer le bon Dieu ! » J'aurais voulu courir ou chanter.

J'allai, ce jour même, chercher Charlot au collège ; je le trouvai dans la cour que le maître des Grands surveillait. Il avait imaginé avec Ravet un jeu qui consistait à trouver une boule que l'un d'eux cachait de son mieux. Le croquet délaissé alignait ses arceaux, des maillets gisaient à terre, le ballon était «perché», le maître lisait. Il autorisa Charlot à monter pour s'habiller. Ravet consentit à causer avec moi durant que j'attendais, puis nous regarda partir, les mains dans ses poches… Je n'eus pas l'idée de lui demander de nous suivre.

Ma mère nous quitta bientôt, mais avec la promesse de revenir prochainement et, peut-être, en compagnie de mon père ; son départ me laissa triste, l'isolement me pesa. Je songeais, sans plus les redouter, aux cris de la cour, aux bousculades volontaires, au coup de pied risqué dans le ballon sorti des camps, à la brusque surprise d'être saisi aux épaules et maintenu comme un obstacle entre deux joueurs, aux menaces de Rupert qui feignait de vous lancer la balle et frappait lorsqu'on ne s'y attendait plus. Quel bruit il eût mené dans le jardin paisible ; les arbres auraient connu ses assauts, et peut-être quelque moineau fût-il tombé, blessé d'un jet de pierre… Charlot, lui, ne savait que suivre à quatre pattes les insectes et faire mousser les escargots. Je ne manquai pas cependant de l'aller chercher encore, mais pour l'attendre seulement quelques minutes dans la cour, je me sentais pénétré de la tristesse qui emplissait le bâtiment désert. Une gamme venait de la salle à musique où quelque maître s'essayait au piano ; on entendait les coups de pioche du jardinier au fond du potager, ou la chanson d'un domestique dans les salles vides. Je me dépêchais d'emmener Charlot. Il me contait que Ravet fouillait, un à un, les casiers des études, et le taquinait au dortoir où ils couchaient seuls, parce que le maître gagnait doucement sa chambre dès qu'il les croyait endormis.

Les jours avaient repris leur train ordinaire, sous un ciel tendre qui demeurait clair plus longtemps et dont l'indulgence les faisait faciles à vivre. Mon ennui même m'était doux ; le matin était un lac frais, l'après-midi un bain tiède de silence où tombaient en tournant des fleurs de marronniers. Assis sur un banc, l'esprit ailleurs qu'à mon livre, j'émiettais mon goûter à une couvée de poussins dont la mère picorait les œillets brillants de mes souliers. Il fit si bon, un soir, que ma tante sortit avec moi, après dîner, sur la terrasse ; une lueur auréolait le toit du hangar, et bientôt la lune s'y montra toute ronde. Elle montait lentement parmi de petits nuages, les vapeurs de sa surface dessinaient une vague géographie. Ma tante croyait y voir un homme chargé de bois qui passait, mais Terrouet avait démenti que la lune fût habitée et gagé que cet astre était mort, comme le serait un jour la Terre ; M. Laurin lui avait donné raison. La fraîcheur nocturne se faisant plus sensible, nous rentrâmes pour gagner nos chambres et, comme je retrouvais dans la mienne toutes mes anciennes frayeurs, je me pris à regretter la veilleuse, l'alcôve protectrice et le sommeil en commun du dortoir.

3

On rentra; la cour avait des feuilles, leur ombre à peine bleue tremblait sur le sol. Les grands ormeaux, qui d'abord s'étaient fleuris jusqu'au faîte d'une mousse violette, puis ornés de mille sequins verts, laissaient neiger sans cesse leurs graines prises dans une écaille. Les garçons, chaque jour, après cinq heures, ramassaient ces graines à la pelle pour les emporter dans une brouette; le bruit de leurs balais nous venait en étude avec le cri des moineaux. Il faisait déjà chaud; on ne jouait plus au ballon que la veste enlevée et la figure vite rougie. Certains se groupaient au pied des arbres pour lire ou se montrer des albums de timbres rapportés des vacances. Presque tous étaient revenus avec de nouveaux habits; Méjean portait un complet de drap gris et un chapeau de paille, Rupert un costume de coutil; Bereng se parait de cravates claires qu'il échangea bientôt avec Calvat contre un canif. Aucun ne différait de prendre les vêtements donnés pour l'été par la famille; la cour en avait un air de fête, mais les externes s'y distinguaient encore par leur col blanc, le nœud soigné de la lavallière, par leurs souliers mieux cirés aussi.

Il y avait un nouveau dans notre étude, un garçon de douze ans d'une grande beauté de visage, mais que l'indolence de son regard rendait sans attrait. Il fut, comme je l'avais été, l'objet d'une curiosité dont son indifférence le délivra promptement. Aux récréations, il restait adossé contre un arbre ou assis au seuil d'une classe, les yeux vagues, les mains posées, paumes ouvertes, à côté de lui. Je dus lui céder ma place selon le désir de M. Laurin, qui me mit au fond de l'étude, parmi les élèves de cinquième, à côté de Mouque et près d'une table où Rupert était seul. Charlot demanda inutilement à me suivre ; le soir, à dîner, il me conta que son voisin, qui s'appelait Daunis, possédait de l'encre dorée avec laquelle lui, Charlot, pouvait écrire son nom sur ses cahiers ; le nouveau s'en était peint les ongles et avait encore laissé Charlot l'imiter. Je fus satisfait de ma nouvelle place. Mouque, ses devoirs terminés, voulait bien me faire mes problèmes ; il travaillait avec de larges lunettes destinées à rectifier un défaut de sa vue, mais c'est par-dessus leurs verres qu'il me regardait lorsque je lui adressais la parole ; cela le vieillissait et m'intimidait un peu. Dès le premier soir, il crut devoir me prévenir de ne pas m'illusionner sur mon changement de place, et que je n'en resterais pas moins en sixième pour être venu près de lui. À ma droite, Rupert demeurait longtemps absorbé sur le texte de ses devoirs ; il mâchait fortement l'extrémité de son porte-plume qu'il essuyait ensuite sur la table comme un pinceau. Il écrivait peu et fort vite ; cependant, il se tenait sage et se contentait de faire passer un billet à Mouque lorsqu'il renonçait à résoudre quelque difficulté. Celui-ci haussait les épaules et disait n'avoir pas le temps de s'occuper d'autrui, puis il finissait par faire ce qui lui était demandé en jurant que cette complaisance serait la dernière. Comme je les séparais, je dus me charger des messages. Rupert toussait légèrement et jetait le papier plié sous mon banc où il me fallait l'aller chercher pour le remettre au destinataire ; il semblait m'ignorer, et quand, à mon tour, je lui faisais passer la réponse que j'avais soin, en me penchant, de déposer sur la table, il ne me remerciait pas même d'un regard. Quelquefois, il m'appelait et m'ordonnait de prévenir Mouque, avec qui il causait par-dessus ma tête penchée. Je vis un jour Calvat qui ramassait les papiers froissés lui pincer une jambe sans obtenir le cri qu'il espérait; Rupert se contenta de repousser le petit qu'il fit rouler par terre, et ramena son mollet pour le frotter en continuant de lire.

Rupert se trouvait encore à mon côté au dortoir; chaque soir, dès le signal donné, je le voyais sortir du rang, venir à son lit et se dévêtir avec adresse. Il enlevait sa veste, une chemise souple, et massait un instant son torse nu. Je m'étonnai qu'il ne portât pas de gilet de flanelle mais, à la remarque que je lui en fis, il répondait qu'il les laissait aux femmes, et j'eus honte du mien qui était long, avec des manches. Dès avant Pâques, il avait demandé à M. Laurin la permission de se laver le haut du corps avant le coucher, mais cela ne pouvait se permettre, et il se contentait d'un massage et de quelques mouvements de bras, toujours vite interrompus par le maître qui craignait de voir se généraliser une gymnastique déjà imitée par Méjean, Mouque et Bereng. La chemise passée, il sautait au lit et, tourné de mon côté pour éviter le rayonnement de la veilleuse, il attendait le sommeil qui ne tardait pas à le venir prendre. Pendant ce temps, je me déshabillais moi-même sans rapidité, ne sachant pas dépouiller d'un seul coup caleçon, bas et culotte, et aussi parce qu'avant de retirer ma chemise, je m'assurais que mon scapulaire fût bien dissimulé.

Le réveil nous était signifié, dès six heures, par la cloche de la cour, longuement sonnée. Un peu avant, M. Laurin laissait l'alcôve dans laquelle nous l'entendions quelquefois s'habiller et faisait les cent pas dans le dortoir où l'habitude, le jour naissant et le dernier passage du veilleur nous réveillaient à peu près tous. Il frappait trois coups au premier appel de la cloche et, aussitôt, chacun bondissait de son lit pour passer sa culotte et courir prendre place au lavabo près duquel le nombre insuffisant des robinets forçait les moins prompts à l'attente. Mon retard était le même qu'au coucher; j'en profitais pour regarder, sous la buée des vitres qu'il était défendu d'essuyer, de peur qu'on fût tenté d'y écrire, le ciel s'éclairer au levant de traînées pourpres dont les milliers de gouttelettes couvrant le verre s'irisaient. On bâillait dans l'air lourd d'haleines mêlées et, bien que le maître y veillât, certains ne s'étaient mouillés qu'à peine la figure à l'ordre donné de descendre. Beaucoup d'entre nous pourtant se lavaient bien; et cela même empêchait les autres. Bereng, Méjean, Terrouet, malgré des punitions reçues pour ce motif, retournaient les robinets de telle sorte que l'eau jaillît sur leur visage qu'ils frottaient à deux mains. Rupert, enfilant sournoisement ses culottes avant le signal du lever, se trouvait des premiers au lavabo, ainsi que quelques autres qui usaient aussi de ce stratagème. La chemise ouverte, les manches troussées, il se couvrait de savon les bras, le cou, la face, la tête, et gardait tout le jour, jusque dans ses cheveux ras, une odeur de lessive. Le grand Charlot craignait l'eau froide; son frère se faisait un masque de mousse savonneuse et grimaçait pour qu'elle n'entrât pas dans ses yeux ni dans sa bouche. Il fallait surveiller Calvat, peu soucieux de toilette, et Ravet, qui mouillait sa serviette et revenait simplement l'étendre sur la tringle, au pied du lit de fer. Beaucoup ne faisaient que le strict nécessaire et négligeaient le soin de leurs dents. Dès le premier jour, on s'aperçut que le nouveau se serait volontiers dispensé d'un grand nettoyage; il avait fallu le tirer du lit, et M. Laurin dut l'autoriser à demeurer après les autres afin qu'il achevât de se préparer. Il portait longs ses cheveux qui étaient doux et légers... Il m'avait réveillé dans la nuit en appelant sa mère.

★

On ne fermait plus, l'après-midi, la porte de notre classe, dont le soleil chauffait le seuil; de ma place, j'apercevais les cours désertes, où les moineaux se roulaient dans la poussière, se poursuivaient, où des feuilles détachées tombaient en planant. Par moments, de la classe des tout-petits, venait le bruit d'une lecture en chœur, que la maîtresse scandait à coups de règle sur la chaire :

L'En-fant mé-chant
L'É-tang char-mant,
. . . .
Luce-Russe-Puce...

ou encore une chanson que j'avais fini par retenir :

Vole, vole, petite mouche
Sur ma main ne te pose pas
Car si par malheur je te touche,
Je le crains, tu périras.
Un méfait cruel
Offense le ciel...

C'étaient presque des bébés à collerette et cheveux enrubannés, dont les sorties ne coïncidaient pas avec les nôtres.

Il y avait, au mur de notre classe, un planisphère et des tableaux représentant les races humaines et les diverses parties de la fleur ; un autre montrait la mort de Chramne, fils de Clotaire, dont je ne trouvais pas le récit dans mon histoire. Au cours des mois précédents, tout cela m'avait été une distraction suffisante pour que j'oubliasse de suivre la leçon, perdu en rêve sur la « mer Australe » ou la « cordillère des Andes » ; mais à présent que le soleil brillait, je regardais le balancement des branches et, par-dessus la haie, tout au fond, le mur de clôture après lequel je savais que s'étendaient les champs.

Bien que l'étude fût plus spacieuse et la chaleur décrue, M. Laurin laissait une des portes entrouverte après la rentrée de cinq heures mais, une fois, le directeur, qui nous surprenait de sa visite, la fit fermer. On ne le voyait guère que pour ces inspections inattendues ; il entrait brusquement et, s'arrêtant, observait d'un coup d'œil la tenue générale. Le même mouvement nous courbait tous sur nos tables ; sournoisement, les mains habiles faisaient disparaître un livre interdit, glissaient dans un cahier la lettre commencée ; sans un geste apparent, l'ordre s'établissait, mais point assez tôt que le directeur n'en saisît quelque chose, ni que son doigt ne désignât un coupable qui se trahissait lui-même en rougissant. Il faisait ensuite, les mains derrière le dos, le tour de l'étude, rectifiait d'un signe une attitude, ouvrait au hasard un casier qui se trouvait être le plus mal tenu, et sortait en saluant le maître resté debout. L'étude, alors, respirait.

À côté de cette apparition, celle, plus fréquente et prévue, du Surveillant général nous laissait presque indifférents. Le bureau de celui-ci était visible à tous ; lui-même se montrait sur le seuil au moindre bruit suspect en cour ; il assistait à la rentrée des études et des classes, surveillait le réfectoire et montait souvent au dortoir ; il nous devenait aussi familier que les maîtres. Mais une atmosphère mystérieuse enveloppait le directeur. L'entrée de son cabinet avait deux portes, dont l'une matelassée, entre lesquelles tout bruit de voix venait mourir. Lorsque la semonce du surveillant ne suffisait pas à remettre en bonne voie l'élève dont un maître s'était plaint, cet élève se voyait appelé chez le directeur d'où il sortait en pleurs, sans qu'on pût rien savoir de l'entrevue. L'étude en devenait silencieuse, et l'on y entendait les hoquets par quoi s'achèvent les crises de larmes. Le directeur venait encore la nuit au dortoir, réveillait un ronfleur qui tressaillait de le reconnaître, et le bruit de son passage courait de lit en lit, à mi-voix, le matin, jusqu'à ce que les plus familiers en fissent confidence au maître, qui en prenait prétexte pour nous prêcher la bonne tenue. Les soirs d'hiver, lorsqu'on pouvait obtenir de sortir, on voyait la fenêtre du cabinet éclairée et une grande ombre penchée s'y dessiner ; en passant devant elle, les rangs marchaient doucement et chacun parlait plus bas.

Un jour, le bruit se répandit dans la cour que le maître des Moyens venait d'être appelé lui-même chez le directeur, et des groupes se formèrent pour l'en voir sortir. Mais la cloche sonna trop tôt, le surveillant prit la place du maître absent. Lorsque celui-ci revint, une grande rougeur couvrait sa face, et il marcha longtemps devant la chaire. Il s'arrêta pour écrire nerveusement une lettre qu'il dut recommencer. Ses élèves, menés de façon brusque et despotique, riaient entre eux et bourdonnaient en chœur pour témoigner une hostilité dont il s'irritait encore. Nous l'entendîmes crier après l'un d'eux, qu'il chassa et que le surveillant vint ensuite accompagner chez nous. Le surlendemain, il partit après l'étude du matin et un nouveau maître prit la chaire à dix heures. Il avait fait scandale en ville dans un café ; un externe qui le sut par son père nous l'apprit. On disait aussi qu'il fumait en promenade et ne se levait pas à temps au dortoir.

★

Ma mère m'écrivait affectueusement, mais ses lettres reprenaient peu à peu le ton grave ; elle n'y parlait plus de sa promesse de venir avec mon père. L'ennui des vacances un instant apaisé me ressaisit, je me sentais seul au milieu même de mes camarades. J'enviais Florent et Mouque, qui se promenaient ensemble dans les préaux et s'asseyaient pour lire au même livre ; ils s'attendaient l'un l'autre au bas des pages, et leurs fronts se touchaient. Bereng et Terrouet, malgré leurs querelles, semblaient ne pouvoir vivre séparés ; les cinq ruraux partageaient leurs provisions au goûter, et les mêmes fautes se retrouvaient dans leurs devoirs faits ensemble. Je ne sais quel commerce liait Calvat et Ravet; on les trouvait échangeant des choses qu'ils cachaient vite, et de la monnaie sonnait quelquefois dans leurs doigts. Rupert était seul assez fort pour vivre sans personne, car Méjean, qui ne le laissait guère, n'en recueillait que de l'indifférence et n'eût pu compter sur son aide que pour se défendre contre les coups; il jouait sans cesse et semblait ne chérir que le ballon qu'il frappait du pied, des poings et encore de la tête; il se plaisait à passer brusquement entre ceux qui causaient, à les prendre comme un obstacle pour tourner autour d'eux, ou à les faire s'embrasser par force en courbant leur nuque sous ses paumes. Il n'avait d'attention que pour les Grands, auxquels il lui tardait de se mêler; chez nous, il décourageait toute avance. C'est lui surtout que j'aurais souhaité pour ami.

J'avais la sensation qu'il ne me voyait pas. Un jour, une averse subite nous força de nous réfugier sous le toit du préau, où nos pieds firent lever tant de poussière que les maîtres voulurent nous empêcher de courir. Ils avaient le plus grand mal à se faire entendre, lorsque Rupert se mit à leur service et nous rangea tous sur une seule ligne en nous défendant de bouger. Quelques-uns s'avançant encore, il les repoussa et promit une gifle au premier qui sortirait de l'alignement. Je fis un grand pas... Il frappa ma joue et passa. Je repris ma place avec moins de ressentiment que de tristesse. La rigole du préau était jaune de pollen, et l'on croyait à une pluie de soufre; une odeur chaude venait de la cour.

Une autre fois, il se trouva que nous eûmes à faire la même narration que la cinquième; je vis, le soir, Rupert réfléchir longuement sur le texte, et je me mis à écrire avec une ardeur affectée qui réussit à attirer l'attention de mon voisin. Il s'agissait d'un aiguilleur qui devait diriger un train sur la voie même où son enfant s'aventurait. Quand j'eus revu mes quatre pages, je les tendis à Rupert en le priant d'apprécier mon travail. Il voulut bien lire ma copie. Le lendemain, le professeur vint en étude et, constatant que nos bancs se touchaient, il sourit et signala au maître les analogies constatées dans nos devoirs. Je fus accusé d'avoir copié, Rupert devint très rouge et ne dit pas un mot ; on crut qu'il craignait d'être puni pour m'avoir aidé… Le dimanche suivant, je n'allai pas à La Grangère.

Je suivis comme les autres la promenade. La route était poudreuse, sans arbre, le soleil chaud n'y laissait d'ombre que celle d'un talus. Je m'appliquais à marcher dans cette étroite bande foncée, je n'étais pas triste et ne regrettais rien. Une sorte d'ivresse emplissait mon cœur, et je ne l'aurais point échangée contre le doux repos qu'il m'eût été possible de goûter dans le même temps à La Grangère. Autour de moi, mes camarades allaient d'un pas lourd, leur mouchoir en couvre-nuque. Ils cherchaient à s'attarder pour déjouer la surveillance et dérober dans les champs les cerises ou les fruits verts qui déjà chargeaient les branches. Charlot ramassait des insectes qu'il enfermait dans une boîte de pastilles percée de trous d'épingle, et me montrait parfois ses captures. Soudain, Rupert me rejoignit. La marche amenait le sang à son visage, il avait ôté sa veste qu'il portait comme un manteau ; il posa son bras sur mon épaule et nous allâmes quelque temps ainsi. En longeant un champ de vigne, la vue d'un cerisier lourd de fruits arrêta mes camarades, que le maître obligea d'avancer. Rupert me demanda si j'avais soif et, sans attendre, s'agenouilla comme pour rattacher les cordons de ses souliers, puis, laissant passer quelques élèves qui nous suivaient et le maître lui-même, il bondit parmi les rangs de vignes entre lesquels il se dissimula. Il me rejoignit au tournant de la route, à la corne d'une haie derrière laquelle il se leva comme je passais. Il fit quelques pas sans rien dire, mais bientôt, tirant une poignée de cerises de sa poche, il en emplit la mienne ; nous nous régalâmes sournoisement. Ravet seul, qui avait flairé le larcin, vint tourner autour de nous ; Rupert dut acheter son silence, et demeura près de moi pendant le reste de la promenade ; on rentra trop tôt à mon gré.

Je ne doutais plus d'avoir gagné l'estime de mon camarade, et je ne pouvais assez me louer du procédé qui me l'avait méritée. Je rêvai pendant toute l'étude à la douceur que cette amitié allait mettre dans ma vie, et je fus très étonné qu'on m'appelât au parloir où Justin venait, de la part de ma tante, s'informer de la façon dont j'avais supporté la consigne ; il me trouva serein et s'en fut rassuré. Rentré en étude, je vis Rupert s'absorber volontairement dans une lecture d'où je tentai en vain de le tirer. À mes timides supplications, il opposait déjà l'indifférence. Au réfectoire, je laissai Ravet et Calvat, qui mangeaient près de moi, se partager mon dîner dont je ne voulus que le dessert ; Rupert ne me prêtait plus la moindre importance. Il feignit de ne pas me voir en sortant pour le coucher. Je montai l'escalier du dortoir derrière les autres, avec Daunis, dont c'était l'habitude de s'attarder ainsi. Au moment d'entrer, et comme nous touchions le seuil, je trébuchai et me retins à l'épaule de mon camarade ; son visage se trouva si près du mien que je l'embrassai de toutes mes forces.

★

Le nouveau maître avait bien du mal à tenir la deuxième étude. Les élèves s'étaient aperçus de la timidité qu'il cachait sous un masque sévère. Videux, célèbre chez les Moyens par le cynisme qu'il faisait paraître, attirait sur ses yeux qui ne se baissaient pas les yeux de ce jeune homme, pour l'obliger à détourner le regard. Il l'inquiétait en affectant de travailler en cachette, et ne lui épargna aucun des tourments habituels. Nous savions ces choses par le grand Charlot qui les contait dans la cour, au milieu d'un groupe. Le nouveau maître avait un long nez, qu'il retrouva silhouetté à la craie jusque sur la chaire, et en l'honneur duquel les élèves se mouchaient avec excès. Il rougissait aisément et, décontenancé, branlait la tête ; l'étude entière répétait aussitôt ce mouvement. Comme il se dominait peu, Videux le poussait à la colère en affectant la surdité contre toute observation : il lui marcha même sur le pied en le frôlant, à la sortie... Le maître faillit frapper. La division était en joie ; plus que jamais, le bruit de ses rires nous venait avec celui des murmures à travers la cloison. Dès que le désordre commençait à côté, M. Laurin promenait sur nous ses yeux inquiets ; quelque chose de la dissipation voisine se communiquait chez nous, Ravet battait la mesure, et chacun se sentait l'envie d'imiter les Moyens. L'un de nous, qui s'était bien tenu jusqu'alors, se dérangea ; un soir, il coiffa sa casquette, se fit des guides de ficelle, puis, agitant sa table, prétendit mener un attelage fougueux. L'étrangeté de sa conduite surprit M. Laurin qui le considéra un instant, et le vit si décidément hostile qu'il vint à lui. Aux questions du maître, l'élève qui s'appelait Fortin répondit qu'il s'ennuyait et voulait se distraire ; M. Laurin examina les devoirs achevés qu'il se fit soumettre et autorisa Fortin à lire, bien que l'heure n'en fût pas venue. Le lendemain, Fortin recommença de se mal tenir et la lecture permise demeura sans effet. Les menaces de renvoi n'obtinrent pas davantage. M. Laurin voulut feindre l'indifférence, mais l'étude s'intéressait au conflit et, Fortin provoquant le rire, le maître, à bout de patience, le chassa. Il sortit avec impertinence, muni d'un billet à l'adresse du surveillant ; nous ne revîmes pas notre camarade de la journée. Le soir, nous le retrouvâmes dans son lit, où il avait dîné. Pendant quelque temps, il se montra plus calme, mais tout le monde comptait sur lui.

M. Laurin n'était plus qu'à peu de jours de son examen de licence et paraissait fatigué. Son endurance exercée pendant l'année s'épuisait ; il restait prudent encore dans les hostilités avec Fortin, mais il était sans indulgence pour l'innocente agitation des petits. L'un d'eux, placé près de lui, éclatait de rire à tout propos ; c'était un externe de la classe enfantine, presque incolore avec des cheveux d'albinos et des yeux déteints. Rappelé à l'ordre, il s'appliquait à sa page, la langue à demi tirée, et suivant de tout le corps le mouvement de la main. Mais le moindre geste, une toux quelque part le détournaient de la besogne et, le porte-plume dans la bouche, il riait de nouveau et exaspérait M. Laurin qui le chargeait d'un long pensum. Ce n'était point qu'il manquât d'attention ; je le vis si bien observer une mouche lustrant ses ailes que le maître l'appela deux fois sans se faire entendre, et dut le réveiller d'un coup de règle sur la table qui le fit se dresser, les yeux effarés sous un battement de paupières.

Les plus sages aspiraient à la détente ; les récréations le manifestaient ; les actifs y restauraient les jeux violents du ballon et des barres, les autres s'allongeaient sur les marches de la chapelle. Terrouet avait organisé une « chasse à l'homme » inspirée de ses livres d'aventures. Les Grands qui ne jouaient pas s'accoudaient à la barrière et cherchaient à nous parler, malgré la défense sévèrement faite ; leur maître, qui obtenait la paix en la leur donnant le plus possible, ne paraissait pas les voir, mais M. Laurin empêchait de notre côté ces conversations par-dessus l'allée, et groupait autour de lui en causant ceux qu'il trouvait le long de la balustrade. Les Grands le surnommèrent « Socrate » ; un long manteau qu'il portait habituellement rejeté sur l'épaule avait peut-être contribué à cela. Videux, qui marchait la poitrine rentrée, et qui était blême avec un nez camard, le traita même de « jésuite », et Bereng écrivit ce nom dans le sable, à l'endroit où devait passer M. Laurin. Cependant, les soirs devenaient tendres, un acacia presque étouffé par les ormeaux commençait à se fleurir de grappes blanches.

★

Par son aimable visage, Daunis attirait les sympathies; mais sa nonchalance rendait vain tout essai de liaison avec lui. Il trouvait dans ses livres des billets que les Grands y déposaient; il les lisait la tête cachée par la couverture de son atlas et souriait sans prendre la peine de répondre, malgré le conseil que lui en donnait Courtot, placé derrière lui. Courtot avait une voix et des manières de petite fille. Il se démenait fort vis-à-vis de la grande cour, sans en obtenir beaucoup de récompense, aussi s'intéressait-il à la correspondance de Daunis. Il osa même répondre plusieurs fois pour celui-ci, en lui empruntant de l'encre dorée. Courtot avait pourtant quelque succès auprès de Bereng, qui lui adressait des vers; nous ne tardions jamais à connaître ces envois, en général des quatrains, parce que l'auteur et le destinataire les répandaient également. Il m'arriva d'en copier, la césure y était parfois inattendue; il y en avait dans le goût de ceux-ci qui s'intitulaient *Rêverie* et se disaient «inachevés».

C'était par une nuit sereine et sans étoile,
Sur l'océan, on ne voyait aucune voile;
Parfois, le cri d'une mouette rauque et rude,
Réveillait les échos de cette solitude…

Il s'en trouvait de plus proprement didactiques:

Ces vers, à l'un de mes amis je les dédie,
Afin qu'il apprenne ce que la calomnie,
Entre camarades, peut causer de ravages…
Surtout ne l'oublie pas, car c'est un conseil sage.

Courtot ne profitait pas assez d'aussi précieux avis et se plaisait à colporter de prétendues médisances qu'il inventait à plaisir, et qui le firent surnommer « la Portière ». Quant à Daunis, son calme et la blancheur de son teint lui valurent le nom de « Pain au lait » par lequel on le désigna beaucoup ensuite. Il avait la passion du dessin au point de négliger ses devoirs pour crayonner en étude ; on trouvait des croquis jusqu'en marge de ses cahiers, et toutes les images de son histoire étaient passées aux crayons de couleur. Il s'employait à cela durant les récréations, et ce fut la seule chose que je vis jamais l'intéresser. Il devenait alors très beau, parce que son regard s'éveillait, et qu'un sourire animait sa bouche. Sa lèvre supérieure était d'un modelé si pur que je la comparais à deux ailes d'ange, et que cela me paraissait être le signe d'une sagesse que je ne possédais point. Un après-midi, il resta en étude après les autres et traça ma caricature au tableau : j'y étais de profil ; l'œil, cependant, s'y voyait de face avec une toute petite prunelle rejetée dans le coin. On me reconnut si bien à la rentrée que Courtot se hâta d'aller mettre au-dessous du chef-d'œuvre : *Portrait de Gilles*, et de signer du nom de l'auteur avec le pseudonyme qu'on lui avait donné. M. Laurin, qui rentrait le dernier, ne put s'empêcher de rire, et s'étonna de la vérité du regard.

Ce même jour, je trouvai des fleurs dans mon casier, et je m'en émus ; mais je sus vite qui les avait mises, en voyant de loin Charlot me sourire et me faire signe que ce n'était pas lui.

★

Juin passait ; les jours semblaient ne plus pouvoir mourir. Ils traînaient sur la cour leur lueur finissante que nous y retrouvions après le dîner car une récréation précédait maintenant la montée au dortoir, et sa durée se réglait sur celle du crépuscule. Cette récréation n'était jamais bien bruyante; certains ramassaient les fleurs de l'acacia pour en manger le pistil sucré ou en humer le parfum dans leurs mains emplies; la plupart, assis ou couchés sur les marches, conversaient; d'autres, plus actifs, tournaient, inquiets de quelque chose à faire. Ceux-ci imaginèrent un jour de mettre le feu à des papiers froissés dont ils avaient bourré un ormeau creux. Ravet fournit les allumettes et Rupert les utilisa. M. Laurin, placé à l'écart, ne pouvait rien voir, mais Charlot, effrayé, courut l'avertir.

La cour entière décida la quarantaine envers le dénonciateur; j'en fus prévenu. Cette mesure paraissait devoir être sans effet sur Charlot, qui ne se mêlait à aucun jeu. Cependant, le lendemain, les groupes affectèrent de se disperser à son approche, et bientôt tous réunis le huèrent. Charlot, réfugié contre la barrière, les mains aux poches, souriait avec embarras en répétant: « Qu'est-ce que cela peut me faire?... » Sa blouse froissée par l'usage ne s'arrondissait plus autour de lui, et pendait de son cou comme une serviette. Son frère n'était pas le moins prompt à le charger de reproches. Je me trouvais seul à l'extrémité de la cour; il vint à moi, les autres le suivaient et sa marche en était gênée; je le vis qui s'approchait avec son sourire et son pas incertain... Je m'éloignai. Quand j'osai retourner la tête, Charlot répétait encore: « Ça m'est bien égal; ça m'est bien égal... » Mais un rictus nerveux tirait ses lèvres: M. Laurin s'interposa.

Aux récréations suivantes, la persécution ne se manifesta plus que par le silence et l'isolement soigneusement faits autour du petit. Il y parut indifférent et joua dans un coin avec ses billes. Le soir, il ramassa les fleurs d'acacia et s'assit à l'écart pour les trier dans son tablier: mais en feignant de se poursuivre, deux Moyens le bousculèrent et dispersèrent sa récolte. Un grand remords m'envahit. Au dortoir, les lampes éteintes, j'entendis un bruit de sanglots ; je me levai, c'était bien Charlot qui pleurait, la tête à demi cachée par les couvertures sous lesquelles il tentait d'étouffer la plus violente crise de larmes. Je me penchai et voulus le découvrir, mais ses yeux brillants me fixèrent avec colère, et, se détournant de moi, il me dit : « Va-t'en. » Je le laissai.

Deux jours encore, il subit cet ostracisme ; seul Daunis ne se refusait pas à lui répondre ; j'aurais aussi souhaité lui parler, mais il me fuyait. Le troisième jour, au matin, il fut malade en étude et remonta se coucher ; le soir, il avait laissé le dortoir pour l'infirmerie. Mes remords devinrent si vifs que je ne pouvais guère penser à autre chose qu'à ma conduite envers Charlot. Je profitai du tumulte, au début d'une récréation de quatre heures, pour gagner l'infirmerie. Le cœur battant, j'en poussai la porte ; au bruit que je fis, quelque chose de noir bondit de la couche et sortit entre mes jambes. « C'est la chatte que tu fais sauver », me dit le petit malade, et il me pria de ne pas refermer afin qu'elle pût revenir. Il ne souffrait pas, mais il ressentait une grande fatigue qui lui donnait l'impression d'être sans os. Il s'occupait à dessiner aux crayons de couleur des paysages. Il voulut m'en donner un : le soleil qui s'y trouvait représenté, orné de ses rayons, ressemblait à un gros infusoire. Je lui appris que je m'étais échappé de la cour pour lui rendre visite. Il m'écoutait en souriant, mais semblait peu touché de l'amitié que je faisais paraître et dont j'avais pris soin de le désabuser. Il ne s'ennuyait pas ; la maîtresse lingère le soignait avec bonté, on lui donnait des livres, et la chatte lui tenait compagnie. « La chatte aveugle ?... » lui demandai-je, en m'étonnant qu'il l'eût apprivoisée. On appelait ainsi la bête à cause de ses yeux, dont l'un était mort et l'autre mi-clos. Nous l'apercevions parfois, se sauvant comme nous entrions au dortoir ou au réfectoire ; les garçons, de qui le coup de pied ne pouvait l'atteindre, l'appelaient « sale taupe », en lui criant qu'elle n'était pas si aveugle qu'elle en avait l'air. Personne ne pouvait se vanter de l'avoir approchée. Charlot me conta qu'un cauchemar l'ayant réveillé au cours de sa première nuit à l'infirmerie, il avait fait fuir, en se débattant, la chatte couchée sur lui ; elle était revenue peu après s'installer à ses pieds et lui continuait depuis ses visites. Soudain, je la vis accroupie à l'autre bout de la pièce et qui nous observait. Je songeai à des histoires entendues d'enfants étouffés par des chats ; à ces bêtes des contrées chaudes qui saignent les dormeurs sous l'oreille pour boire tout leur sang, et je recommandai à Charlot la prudence. Il semblait lui tarder que je partisse ; il regardait vers « la Taupe » en l'appelant doucement. Elle tressaillit lorsque je me levai, puis demeura. Les stores baissés répandaient une clarté blonde ; j'aperçus en les écartant la campagne lumineuse et confuse au loin ; je crus y reconnaître La Grangère à son toit parmi des arbres, et mon cœur battit. Charlot avait recommencé de lire ; la chatte blottie à son côté pétrissait la couverture en ronronnant, je n'osai pas les déranger encore et sortis avec le dessin que j'emportais.

★

Depuis mon entrée au collège, j'avais suivi le *Petit Catéchisme* et travaillé de mon mieux avec l'aumônier, qui était très bon, mais que nous ne voyions que deux fois la semaine. Il nous laissa tout à fait lorsque, l'époque de la première communion venue, il lui fallut s'occuper des retraitants. Ils étaient une dizaine, tous de notre étude, parmi lesquels Florent, Gernon, Mouque, Terrouet et quelques externes. Huit jours avant la date fixée pour la fête, ils cessèrent de vivre avec nous pour n'être plus que sous la garde de l'aumônier. On les enviait beaucoup ; ils mangeaient à part à midi et jouaient dans le jardin, où l'aumônier ne craignait pas de leur renvoyer la balle. Le plus souvent, il les emmenait dans la campagne ou chez un de ses parents qui possédait aux environs une propriété plantée d'arbres ; on y goûtait et l'on jouait au croquet. Nos camarades ne nous rejoignaient qu'à la récréation précédant le coucher ; ils continuaient de rester groupés, un peu fiers des distinctions dont ils se voyaient l'objet, attentifs à rester graves, et presque froids avec ceux qui tentaient de se mêler à eux. Je n'osais les approcher : ils m'apparaissaient au-dessus des autres et touchés d'une grâce que je leur enviais.

Des chœurs étaient organisés pour contribuer à l'éclat des cérémonies ; j'y avais ma place, ainsi que presque tous les jeunes de l'étude. Charlot, revenu parmi nous, se faisait remarquer par la justesse et l'acuité de sa voix qui semblait bien plutôt, dans la chapelle, descendre de la voûte que s'élever du sol. Il avait un grand plaisir à chanter et ne cessait plus de fredonner l'air du solo qui lui était confié. Son indisposition avait mis fin à la quarantaine, mais c'était lui maintenant qui s'isolait et paraissait dédaigner les autres. Je n'osais pas encore aller à lui, mais je l'écoutais de toute mon âme, lorsqu'au milieu du chœur son chant s'élevait si pur que l'harmonium paraissait hésiter à le suivre, et ne l'accompagnait plus qu'en sourdine.

Au matin du grand jour, la cour s'emplit d'une foule parée, où les pères se distinguaient par l'élégance de leur toilette. Les fillettes, vêtues de clair et les cheveux bouclés, se tenaient près de leur frère et semblaient craindre qu'on ne les oubliât. Les communiants demeurés après nous au dortoir entrèrent en file dans la chapelle déjà emplie ; leurs mains jointes portaient le chapelet cliquetant, leur bras gauche s'ornait d'un nœud de satin, leur maintien demeurait si grave qu'ils passèrent en étrangers parmi nous, qui nous donnions tout à eux. Gernon qui, disait-on, avait rêvé tout haut, ne baissait pas ses yeux clairs, mais il les tenait si fixement arrêtés devant lui qu'ils semblaient plus clos encore que ceux des autres et que nul regard n'y aurait pu pénétrer. Terrouet, au contraire, qui rougit dès l'entrée, me parut moins lointain, malgré l'ombre des cils sagement appliqués sur la joue. Je sentis qu'il restait avec nous de ce côté-ci de la vie, alors que les autres, Gernon surtout, devaient voler au-delà, comme Charlot qui béait, la tête inclinée, les mains en repos sur les genoux. L'aumônier voulut exhorter encore ceux qu'il appelait ses enfants ; il leur parla des célestes jardins dont ils étaient en ce jour les fleurs pures et du Seigneur qui allait venir parmi leurs âmes pour les cueillir. Les mères se tenaient sur des chaises placées derrière chacun des communiants : au moment où le prêtre descendait avec l'hostie, j'en vis une qui pleurait. Ma pensée fut alors tout à coup et si fortement retournée vers ma mère que des larmes me vinrent aux yeux et que je me mis à les répandre, y trouvant un amer plaisir. Mes camarades s'en étonnaient entre eux et je dus bientôt m'essuyer le visage, car il nous fallait sortir les premiers et en ordre. Les familles nous suivirent et emmenèrent nos camarades que nous ne pûmes revoir de la matinée.

Tout le monde revint à l'heure des vêpres : ma tante me fit la surprise de s'y rendre, pour entendre les chœurs dont je lui avais beaucoup parlé. Après la cérémonie, les communiants s'avancèrent enfin vers nous pour nous offrir des images pieuses, derrière lesquelles était leur nom. Mouque m'en donna une où des fleurs entouraient un calice ; j'en reçus d'autres qu'illustraient des anges ou la face douloureuse de Jésus ; celle de Gernon portait en lettres dorées : « Le ciel est dans mon cœur. » Je les regardai toutes longuement. La cour était pleine des causeries et de rires discrets ; le directeur, heureux, complimentait les parents. La foule s'écoulait peu à peu et chaque groupe emmenait un communiant qui en était le centre.

Massés à l'extrémité de la cour, sous la garde distraite d'un maître, nous regardions finir la fête en comparant les souvenirs que nous avions reçus, et je me sentais triste et comme banni d'une joie que d'autres avaient goûtée, demeuré en deçà d'un beau pays qu'ils venaient de connaître, et dont les images que je tenais semblaient des choses rapportées pour nous, qui n'y avions pas été.

Les nuits devenaient chaudes; les plus grands insistaient pour qu'après le coucher M. Laurin ouvrît les fenêtres. Il n'y consentit point d'abord, puis s'y décida en mettant à cette faveur la condition de notre plus parfait silence. On n'allumait plus les lampes, une lueur diffuse entrait par les baies; sagement étendus, nous goûtions le plaisir de sentir s'alléger l'atmosphère et la fraîcheur du dehors purifier l'air autour de nous. Je voyais de mon lit tout un morceau du ciel pâle qui s'obscurcissait peu à peu jusqu'à laisser paraître les étoiles. La première était menue, intermittente dans sa clarté, et je restais incertain de l'avoir vue; elle se précisait cependant, et d'autres naissaient autour d'elle, il y en avait une plus brillante dont j'aurais voulu savoir le nom. Ma mère m'avait appris à reconnaître le Petit et le Grand Chariot, Orion et la Pléiade, mais elles devaient passer plus haut dans la nue, car je ne les apercevais pas. Je me contentais de mon étoile; elle paraissait me voir et me dire: c'est pour toi que je luis. En clignant un peu, il semblait qu'elle tendît jusqu'à mes paupières un de ses rayons devenu visible et que je l'allais saisir avec la main. Je la baptisai «Petite abeille» et roulais ma tête à droite et à gauche sur le traversin pour croire que c'était elle qui dansait. J'en vins à lui conter mes peines, et à lui donner des commissions pour le bon Dieu. Mais, peu à peu, elle disparut du cadre de la fenêtre, et celles qui l'y remplacèrent ne me parurent pas aussi aimables.

Des parfums entraient avec le vent; j'y reconnaissais l'arôme des tilleuls fleuris dans toute la ville, ou celui, plus aigu, d'un jardin couvert de chèvrefeuilles, qui s'étendait de l'autre côté de la rue; une odeur de terre arrosée en montait encore, très forte parfois. M. Laurin s'accoudait à l'une des fenêtres, jusqu'à ce que, le dortoir endormi, il les refermât toutes. Il ne fallut bientôt plus le prier pour les lui faire ouvrir; la chaleur crût si bien qu'on n'eût pu songer à nous priver d'une aération nécessaire après le déshabillage. Dès lors, notre sagesse diminua; des rires naissaient pour la chanson d'un passant, pour une conversation entendue, et obligeaient le maître à revenir au milieu de nous. Chaque soir, le même bruit de pas et de voix contenues annonçait un pensionnat de fillettes que leurs maîtresses ramenaient de promenade à la tombée de la nuit. Une toux générale secouait alors les lits, parce qu'on avait cru comprendre qu'à ce moment-là M. Laurin quittait plus difficilement la fenêtre. Après une de ces espiègleries, il les ferma pour nous punir et, malgré le murmure que nous fîmes entendre, il nous fallut nous endormir sans qu'elles fussent rouvertes; par la suite, il ne s'en approcha plus que le somme nous eut tous gagnés. Après les avoir refermées, il se mettait à travailler dans l'alcôve à l'aide d'une petite lampe; il ne put continuer, parce qu'un élève se plaignit de ce que cette clarté l'empêchait de dormir. Alors il demeura, chaque soir, plus longtemps à la fenêtre qui touchait l'alcôve; ceux qui se réveillaient disaient l'y voir à toute heure; je l'y surpris un jour en ouvrant les yeux dès l'aurore; la légende s'établit qu'il ne se couchait pas.

Un matin, après une nuit trop chaude, je me sentis si las que je demandai à rester au lit. Je demeurai seul dans le dortoir désert où la plus lourde torpeur m'accabla. Mon engourdissement cessait par intermittence, mes yeux, un instant entrouverts, suivaient aux carreaux le défi moutonnant des nuages sur le ciel d'un bleu dur, et se refermaient. À l'un de ces demi-réveils, après midi, je trouvai mon déjeuner dans un plateau posé près de moi et, sur le lit de Rupert, « la Taupe » accroupie qui me guettait. Je n'avais guère faim et partageai volontiers avec elle qui me rappelait Charlot, mais je n'osai plus me rendormir. Au bout d'un instant, elle se risqua près de moi et me laissa caresser sa fourrure sèche. Elle semblait très nerveuse et se tordait sous ma main, qu'elle mordillait en la retenant entre ses griffes à demi tirées. Je voulus, par jeu, lui rebrousser le poil ; j'en éprouvai sur les doigts mille piqûres ; elle cracha, bondit et disparut. Bientôt après, le ciel s'obscurcit, la nuit se fit dans la longue pièce et la pluie battit les vitres, en même temps qu'un roulement lointain annonçait l'orage. Il monta rapidement, et la maison trembla bien vite de ses coups dont l'écho s'éteignait dans le ruissellement de l'averse. Je me blottis sous les couvertures, mais les éclairs m'y venaient chercher, et chaque détonation retentissait dans mon cœur. Je me serais sauvé si je n'avais craint de traverser le dortoir, dont les huit fenêtres s'illuminaient à la fois. Il y eut une explosion terrible qui me fit croire que le toit s'effondrait, et je restai, les dents serrées, sans plus bouger. Mais le tumulte s'apaisa ; de sourds grondements traînèrent encore sur la campagne, puis la pluie seule continua de bruire comme un fleuve qui eût passé. Je demeurai oppressé et fiévreux ; l'ombre vint de bonne heure, et toutes mes frayeurs avec elle. J'eusse souhaité la présence de « la Taupe » ; je ne pus que me raidir et, la couverture aux oreilles, attendre l'heure du coucher. Je retrouvai enfin la paix avec le voisinage de mes camarades, Rupert se pencha pour me demander si j'avais entendu le tonnerre et me dire que la foudre avait abattu un des arbres de la grande cour… Je ne sais ce qui m'émut le plus, de la catastrophe ou de sa confidence, mais je pus enfin m'endormir, malgré le fredonnement des moustiques qui voletaient autour de moi.

★

Le lendemain, je me persuadai de ma guérison, tant je craignais une nouvelle journée solitaire, et aussi parce qu'il me tardait de voir l'arbre tombé. Les Grands l'entouraient quand nous descendîmes et, comme il se trouvait dans leur cour, il nous fallut nous contenter de le considérer le long de la barrière contre laquelle toute notre division se rassembla. Le vent l'avait jeté sur le mur de clôture qui s'était éboulé sous lui ; une brèche en demi-lune laissait deviner, à travers la masse touffue de l'ormeau, un jardin profond, dont nous ne voyions d'ordinaire que les hauts feuillages balancés. La plus vive curiosité nous tenait d'approcher la brèche ; elle devint irrésistible pour moi lorsque, deux jours après, l'arbre débité et enlevé, le parc voisin fut visible. Durant la classe de l'après-midi, j'affectai un grand besoin de sortir et, l'autorisation obtenue, je courus vers la brèche où nul regard ne pouvait me suivre. Ce fut presque sur la pointe des pieds que je m'en approchai et me penchai sur l'échancrure. Une allée passait devant moi et se perdait sous de lourds ombrages ; des arbres que je ne connaissais pas semblaient me bannir du lent mouvement de leurs palmes ; un sapin montait et ses branches parallèles faisaient le geste d'écarter, à droite, à gauche, d'invisibles présences : à ses pieds, bordant l'allée, des corolles plus grosses qu'un oiseau s'élançaient parmi des feuilles en lame de sabre… Soudain, je crus voir, dans le fond, une forme blanche qui venait, se baissant de çà, de là, comme pour obéir au rythme d'une danse ; j'en vins à distinguer une dame en robe claire et qui cueillait des fleurs. Je la laissai s'approcher jusqu'à ce qu'en se relevant une fois encore, elle m'aperçût. Elle tenait à pleins bras les longues tiges couchées et me sourit ; je la vis venir à moi, couper entre les lances une fleur, qu'elle me tendit. Le sentiment que j'éprouvai alors de sa réalité me remplit de confusion et me fit me sauver sans un mot avec cette fleur que je n'avais jamais vue et que je sus depuis être un iris. Une délicate senteur se dégageait des trois pétales recourbés sur le calice ; la nervure des autres était velue comme une chenille. Je brisai la tige et dissimulai la fleur pour regagner la classe, où je rêvai longtemps à l'étrange manière dont ce présent m'était venu. Le soir, en étude, pour l'admirer encore, je la déposai sur ma table entre deux livres épais qui la dérobaient aux yeux du maître. Elle fut vite l'objet des convoitises, personne ne savait d'où je la tenais et, sous différents prétextes, chacun se leva pour la venir voir. Je dis à Courtot, qui m'interrogeait, qu'elle naissait d'une plante rare rapportée des contrées chaudes, et que les parterres de ma tante en étaient couverts. À Rupert, en cachette, je confiai sa provenance véritable, en lui disant cependant que c'était moi qui l'avais cueillie dans le mystérieux jardin. Sur-le-champ, il demanda de sortir et, comme lorsqu'il revint je m'étonnais de lui voir les mains vides, il me dit qu'il avait seulement voulu se rendre compte du lieu où étaient les fleurs, et m'assura qu'il irait, dans la nuit, les cueillir toutes.

Dès le coucher, je me défendis contre le sommeil pour guetter Rupert que j'aurais voulu suivre dans l'audacieuse expédition, mais il s'endormit des premiers, comme d'habitude, et moi-même, je ne pus veiller bien longtemps. Mes yeux se rouvrirent vers le milieu de la nuit et se portèrent sur le lit voisin qu'ils crurent voir désert ; je ne doutais plus que Rupert fût parti, et me vêtis en hâte pour le rejoindre. On ne fermait à clef que la porte du fond ; celle de l'escalier restait libre. On pouvait, par là, gagner la cour ; j'eus vite fait d'y descendre. Le feuillage profond des ormeaux dormait sous un ciel constellé, où montait une lune cornue. J'allai d'arbre en arbre, parmi l'ombre plus dense à leur pied, et j'atteignis la brèche, au bord de laquelle je risquai mes regards. Rien ne bougeait, j'appelai Rupert à mi-voix et me décidai à franchir les pierres écroulées. Je me trouvai dans un gazon humide dont je sentis la fraîcheur à travers mes souliers où mes pieds étaient nus. J'avançai prudemment jusqu'à l'allée ; elle semblait un fleuve clair, au-delà duquel le sapin noir gardait la masse ténébreuse du parc. Les fleurs n'étaient pas coupées ;

je me dis que Rupert avait dû s'engager sous les arbres, et je n'hésitai pas à y pénétrer. Bientôt, une nuit complète se fit autour de moi ; les arbres m'enveloppaient et me considéraient du haut de leurs cimes, entre lesquelles nulle étoile ne brillait plus ; l'un d'eux m'atteignit d'une branche. Une forme blanche apparut sur un socle, en face de moi…

J'appelai Rupert, son souvenir gardait mon courage ; cependant je cherchais à fuir, et je pris au hasard les sentiers qui se trouvaient sous mes pas. Je ne réussis qu'à m'égarer davantage. Quelque chose ayant brui derrière moi, je fus saisi de terreur panique et je me jetai follement à travers les bosquets. Chaque arbuste me flagellait au passage et retardait ma course ; des pas se précipitaient sur les miens ; la nuit et le parc conspiraient à mon épouvante ; je crus jeté sur l'abîme un petit pont sous lequel je vis briller les astres. J'errai de nouveau. Je ne sais comment je me retrouvai en face de la brèche ; je passai le mur, franchis les cours et regagnai le dortoir, où je me précipitai sur mon lit. Rupert ne paraissait pas avoir quitté le sien ; il y dormait, à demi découvert, d'un sommeil paisible : il me sembla que je m'éveillais ! Le dortoir était calme, plein d'une ombre bleue où la veilleuse palpitait, mais je demeurai frémissant jusqu'à l'aube avec, par instants, l'illusion d'être encore poursuivi.

Le lendemain, des ouvriers remaçonnèrent l'ouverture et, du grand jardin disparu, il ne resta, au-dessus du mur, que les têtes d'arbres oscillantes qui semblaient me faire signe de garder mon secret.

★

Vers cette époque, Segonde m'ayant porté des cerises, je vins au goûter m'asseoir près de Bereng, qui mangeait son pain sec en étudiant une fable. Je l'invitai à puiser avec moi dans le tas de fruits que je mis entre nous deux. Les cerises étaient dures et lourdes, et d'une belle couleur vernie de sang caillé. Nos lèvres à leur contact se teignirent, et tachèrent de violet le pain où nous mordions. Bereng lançait loin de lui les noyaux humides, en les serrant entre l'index et le pouce. De temps à autre, il jetait un coup d'œil sur son livre ; soudain il me le tendit pour que je lui fisse réciter sa leçon. C'était « Les Deux Amis » de La Fontaine. Il prononça, en détachant bien les syllabes :

Deux vrais amis vivaient au Mo-no-mo-ta-pa ;
L'un ne possédait rien qui n'appartînt à l'autre.
Les amis de ce pays-là
Valent bien, dit-on, ceux du nôtre…

Il ne devait apprendre que jusqu'à ce passage :

Lequel aimait le mieux ; que t'en semble, lecteur ?

mais je lus d'un trait tout le reste, tant la fable me parut belle, et je revins à ce vers :

Qu'un ami véritable est une douce chose !

Je le montrai à Bereng qui, à son tour, lorsque nous fûmes en étude, me fit passer son livre de lecture ouvert à une poésie de Ducis sur l'amitié ; je l'en remerciai en souriant. Peu après, je reçus un quatrain d'inspiration analogue, dont les vers, s'ils me semblaient moins harmonieux que ceux que je venais de lire, avaient ce mérite de s'adresser à moi. Le soir, Bereng me tendit la main en laissant les rangs au dortoir.

Dès lors, nous nous retrouvâmes pour causer aux récréations, après qu'en étude nous nous étions souvent retournés l'un vers l'autre. Bereng me parlait de son pays, de ses villégiatures de vacances. Il greffait sur ses souvenirs d'impressionnantes aventures au récit desquelles je le fixais, la bouche ouverte et les yeux ronds, jusqu'à ce qu'il s'égayât de mon expression naïve et nommât le «bouquin» qui lui permettait de m'ébahir. Il mettait à cela tant de bonne grâce que je ne pouvais lui en vouloir et taisais, dès le lendemain, le même état de sa parole. Il s'embarrassait en de longues phrases dont il ne sortait qu'en s'essoufflant et, souvent, un mot caractéristique retenu de ses lectures, et dont il faussait le sens, ajoutait du plaisant à son discours.

Notre bonne entente fut vite connue. Courtot la publia en inscrivant au tableau nos deux noms dans une accolade; je dus subir les compliments déclamatoires de Terrouet, qui rédigea même une épître où se trouvait incluse toute une phrase de l'*Épitome* relative à Castor et Pollux. Il me suivait plié en deux, le béret à la main, en insinuant que M. Gilles devait fort goûter le beau langage et les hautes imaginations pour montrer une telle préférence envers le rare conteur que l'établissement s'honorait de posséder. Bereng, obsédé de ces espiègleries, le menaçait avec tant de colère qu'il ne pouvait achever sa phrase, et provoquait le rire inextinguible de notre persécuteur. Puis on s'habitua à nous voir ensemble et on nous laissa tranquilles. De jour en jour, Bereng me plaisait mieux, et l'autorité que je lui laissais prendre dans nos rapports m'attachait à lui davantage. Il venait de lui-même s'asseoir près de mon goûter, et j'avais grand bonheur à partager avec lui. De son côté, dès qu'il recevait de l'argent, il se faisait apporter par les externes des sucreries de couleur dont je mangeais bien ma part. Sa famille, une fois, lui envoya une boîte de chocolats qu'il ouvrit devant moi. C'était de petites plaques rondes, toutes vêtues de papier argenté: «Ça vaut cinq francs», me dit-il en m'en tendant une… et j'étais tenté de le croire, tant j'éprouvais de plaisir de ce don.

Le soir même, j'écrivis à ma mère que j'avais un ami et que j'allais l'amener prochainement à La Grangère.

★

Peu de temps après, je fus surpris, pendant une récréation, d'être appelé au parloir et d'y trouver ma mère. Elle m'enveloppa de ses bras. Mon père était de nouveau souffrant et l'on avait pensé que la campagne lui serait favorable. Il se trouvait à La Grangère, où je devais le voir dès le jour suivant, qui était un dimanche. Ma mère me pria de ne point amener de camarade, en me représentant combien un malade avait besoin de quiétude, et me recommanda, à ce propos, de me montrer raisonnable, afin que mon père retrouvât avec bonheur un enfant tout à fait sage. Je demeurai toute la soirée préoccupé de l'idée de revoir mon père et, dans la crainte de ne pas lui manifester assez de joie, je cherchai le souvenir de toutes les bontés dont il avait comblé ma petite enfance. Je me rappelai la constante exubérance de son affection, son empressement à satisfaire tous mes désirs, qui me l'avait fait d'abord préférer à ma mère; son essai de m'enseigner le piano, en dépit de mon inhabileté et de l'impatience que lui donnait cette timidité dont je ne me pouvais départir en sa présence, et que doublait le sentiment de ma maladresse. Je me jurai d'être naturel, et qu'il n'aurait pas lieu de me reprendre en quoi que ce fût. Je me tourmentai si bien, dans le temps que la voiture mit à me conduire du collège à la maison, que, malgré l'accueil affectueux de mon père, je ne pus trouver mes mots tant que je fus devant lui. Mes yeux se baissaient malgré moi, ma pensée demeurait incertaine, et je souffrais cruellement de ne rien pouvoir lui exprimer de ma tendresse. Par bonheur, au cours de cette entrevue et ensuite, pendant le repas, ma mère se répandit en explications sur mon travail et sur ma conduite dont le directeur l'avait, la veille, entretenue.

J'achevai l'après-midi au jardin dans le plus grand ennui de ma sottise et le vif désir de la réparer au plus tôt. J'entendis mon père qui tentait d'accorder le piano, demeuré comme les autres meubles dans la chambre de cette cousine morte jeune dont j'avais quelquefois ouï parler. Il dut y renoncer et sortit. Il ne parut pas au dîner, et je partis sans le revoir car il me fallut regagner le soir même le collège. Ma chambre était nécessaire à mes parents, et l'on n'avait pas eu le temps de préparer celle qui, dans l'autre aile, allait devenir la mienne. Ma tante me promit toutefois qu'elle serait prête pour le prochain congé ; j'y devais loger au-dessous de la mansarde de Segonde, et mes fenêtres ouvriraient sur le jardin.

Les dimanches suivants, je pus en effet demeurer la journée entière à La Grangère et ne repartir que le lendemain. Mon père se trouvait mieux et, pensant prolonger son séjour, il avait fait apporter son piano, qu'on avait installé au salon et dont il jouait la journée entière. Je ne le voyais qu'aux repas, mais je m'habituais de mieux en mieux à sa présence, à mesure qu'il semblait ignorer la mienne. Je me plaisais à l'écouter jouer dans le calme de l'après-midi finissant. Les accords peuplaient les ombrages ; j'assistais à d'imaginaires danses, à des défilés funèbres ou guerriers. Le piano parfois se taisait ; ma mère devait interrompre mon père pour lui porter quelque breuvage, causer avec lui, lui conseiller le repos. Le concert reprenait après dîner, et durait assez tard pour que je pusse m'endormir en musique, dans ma chambre située précisément au-dessus du salon. Je luttais autant que possible, toutefois, contre un sommeil trop prompt, surtout quand il arrivait que ma mère chantât, car j'avais plaisir à retrouver sa voix et les lieds dans lesquels mon père aimait l'accompagner. Pour ne les avoir jamais entendus que de loin, j'en ignorais les paroles, mais la musique suffisait à me les rendre intelligibles, et leurs appels tendres, leurs mystérieuses implorations excitaient en moi les plus hauts sentiments. Je me laissais aller à ouvrir la fenêtre au risque d'être surpris et grondé, parce que mon plaisir était plus vif de les entendre dans le décor nocturne des feuillages. Les branches semblaient vibrer comme moi-même, et leurs feuilles légèrement remuées de vent frais ajoutaient aux chants leur bruissement harmonieux.

Je ne pouvais penser à autre chose au long des classes du lendemain, et Bereng qui, dès le samedi, me voyait dans l'attente fiévreuse du dimanche, m'accablait au retour de questions sur La Grangère et la façon dont je m'y divertissais. Il y eut un jour où je me réfugiai, au cours d'une récréation, dans une classe qu'éclairait une baie à vitres dépolies, sur lesquelles je me faisais un jeu de suivre l'ombre projetée par les élèves qui passaient. J'y voyais leur vivante caricature, et la silhouette de certains camarades évoquait précisément l'animal auquel je les eusse en secret comparés. Il en vint deux qui stationnèrent et que je reconnus être Bereng et Courtot. Leurs voix, qui d'autre part me les désignèrent, me parvenaient très nettement; je ne fus pas longtemps à comprendre qu'ils s'entretenaient de moi. Bereng expliquait à Courtot comment, d'après ce que je lui avais dit, une indisposition de ma tante empêchait que je remplisse ma promesse de le faire sortir un dimanche; mais Courtot se montrait sceptique; il tenait d'un externe la nouvelle que mes parents séjournaient à La Grangère, et Bereng s'étonnait que je ne lui en eusse pas fait part. «Il ne te fera jamais venir tant qu'ils y seront», fit Courtot; comme Bereng le questionnait: «Ce n'est pas sa tante, reprit-il, qui est malade, c'est son père!» Et Bereng l'ayant interrogé de nouveau, Courtot ne répondit pas tout de suite, mais je vis l'ombre de sa main se porter vers l'ombre de son front et je compris qu'il se penchait pour parler bas.

★

M. Laurin n'avait pas cru devoir se présenter à l'examen de Licence; il ne travaillait plus guère, devenait irritable, et Fortin, qui recommençait à se mal tenir, le lassait. Il arriva à cet élève de prononcer à mi-voix un mot très grossier, ce pour quoi M. Laurin l'appela à la chaire. Fortin jura n'avoir rien dit, et feignit ignorer de quelle faute on le voulait coupable. Le directeur, saisi de ce nouveau méfait, le condamna à rester au lit jusqu'à ce que la mémoire lui revînt et qu'il se fût excusé de son insolence. L'étude compta les jours. Fortin en laissa passer trois et s'exécuta enfin avec tant de coléreuse fierté que l'expulsion dut lui être annoncée pour la prochaine incartade. Il ne tarda pas à se dissiper de nouveau et retourna sur-le-champ dans sa famille.

L'étude en recouvra la tranquillité; mais les Moyens s'agitaient. Leur maître, qui en avait momentanément triomphé par des punitions répétées, n'en était que plus haï; les initiales P. B. dont il signait les cahiers de correspondance lui avaient valu le surnom de «Pelle-Bêche», et le tableau s'illustrait chaque jour du dessin de cet instrument aratoire que l'on en vint, pour plus de commodité, à schématiser et à reproduire partout. Les sanctions s'usaient d'être trop souvent appliquées, et le zéro de conduite n'avait plus que peu d'effet. Videux menait lutte ouverte, et toute sa division le suivait; il y eut une large huée, un matin, à l'entrée de leur maître dans la cour. Une retenue générale fit se déclarer trois coupables; mais leur chef n'était pas parmi eux et continuait d'organiser le désordre. Il commit enfin une faute qui le perdit; ce fut d'adresser à l'un de ses lieutenants un billet circonstancié au sujet d'un «chahut» préparé pour la nuit suivante; le billet égaré vint aux mains du directeur, qui en isola l'auteur et fit décréter son renvoi au conseil de discipline. Mais l'étude donna encore bien du mal à son maître, qui ne réussit pas à se faire adopter. D'ailleurs, comme à l'approche de Pâques chacun s'énervait dans l'attente d'une délivrance prochaine, la crainte des semonces ou du pensum s'atténuait, et je constatais en moi-même une propension surprenante à me divertir.

Bereng avait cessé de prendre à son compte les excentricités qu'il continuait de me narrer; il s'était décidé, pour s'assurer mon intérêt, à créer un héros auquel il les attribuait toutes; il l'appela Rémy, et lui fit connaître pour mon plaisir tous les avatars et de rares disgrâces. Il préparait son récit durant la classe, et l'agrémentait ensuite à mesure qu'il me le rapportait. Au cours d'une leçon, l'inspiration lui venait parfois de façon si plaisante qu'il n'attendait pas toujours que nous fussions sortis pour m'en donner connaissance par signes; et c'était entre nous une télégraphie à quoi les autres ne comprenaient rien. Un après-midi de chaleur excessive, le professeur d'histoire, nous sentant distraits, fit lire à haute voix quelques anecdotes. L'une d'elles me frappa, qui relatait l'aventure du roi Charles VI dans la forêt du Mans. La porte ouverte sur la cour laissait voir les feuillages ensoleillés sous lesquels palpitait une ombre dense; les oiseaux se taisaient, mais les cigales ne cessaient pas de faire entendre leur crissement. Daunis, à mon côté, les yeux lourds, se laissait glisser entre le banc et la table; ses cheveux lui couvraient à demi l'oreille; j'imaginais d'après son profil les pages de la suite royale, et je voyais Charles VI s'avancer pesamment. Soudain, l'homme demi-nu s'élançait d'entre les branches... « Arrête, noble sire, tu es trahi ! » La chevauchée interrompue reprenait dans la torpeur d'un jour semblable, sans doute, à celui qui nous accablait; puis c'était l'éclair du soleil sur un casque, le cri du roi et sa ruée sur les chevaliers français. Une étrange impression me restait de cette lecture, et j'en rêvais au lieu d'écouter la suivante, quand Bereng se retourna et me montra son visage illuminé d'un rire qu'il s'efforçait en vain, avec la main, d'enfermer dans sa bouche. Je m'égayais déjà de le voir en cet état, et me préparais à recueillir quelque fantaisie nouvelle; mais il lui était impossible de me la communiquer tant il s'en trouvait agité. Enfin, il saisit son atlas recouvert de papier sombre, y traça en hâte ce qu'il voulait me faire savoir et tourna l'écriteau de mon côté. J'y lus: «Rémy va devenir fou.» Je ne sais si ce fut l'imprévu de la catastrophe ou la mine effarée de nos voisins nous regardant alternativement, mais le rire me prit si bien que je ne pus le cacher au professeur, qui m'appela. Je ne recouvrai mon sérieux qu'à m'entendre demander de rapporter ce que l'on venait de lire; mon angoisse se traduisit par le regard dont je parcourus la classe. Mon malheur voulut que mes yeux rencontrassent les yeux de Bereng... Subitement, une nouvelle crise me tordit, si violente que je dus m'appuyer au mur, le front sur mon bras replié. Le professeur se leva et me découvrit le visage; je n'étais plus capable d'arrêter mes éclats, les larmes coulaient de mes yeux, et mes mains se portèrent à ma gorge où il me semblait que l'air ne passait plus. Le maître m'attira contre lui et demanda de l'eau dont il baigna mes tempes. La classe était pleine d'étonnement, la cloche qui sonnait la sortie parut à peine l'émouvoir. Mes camarades s'éloignèrent enfin sur l'ordre du maître, et je fus autorisé à demeurer jusqu'à mon complet apaisement.

★

Jour à jour, juillet s'achevait. On recommençait de compter les heures, les minutes, les secondes, et le travail général se ralentissait de plus en plus, jusqu'à ne consister pendant les classes qu'en lectures et récits que les professeurs nous faisaient. Bien des externes avaient cessé de venir; les autres apportaient des flacons de formes variées et pleins de boissons colorées dont ils prétendaient se rafraîchir. La chaleur de leurs mains et le soin qu'ils prenaient d'agiter sans cesse ces liquides en faisaient quelque chose de trouble et de mousseux; j'en vins assez vite à préférer l'eau de la fontaine La répartition des prix nous procurait l'objet de discussions quotidiennes. J'espérais quelque chose en français où j'avais été souvent deuxième, avec, peut-être, un accessit d'histoire et géographie, et un autre de grammaire. On attribuait l'Excellent à Mouque ; Terrouet comptait sur le prix de thème. Mais nous eûmes bientôt un plus pressant sujet de nous émouvoir : le directeur vint annoncer en étude que les deux divisions se réuniraient séparément, le lendemain soir, pour désigner, chacune par leur suffrage, un lauréat au prix de camaraderie.

Rupert sembla tout indiqué chez nous, et son triomphe apparut certain ; Bereng seul y mit opposition. Je n'avais jamais fait part à celui-ci de mon admiration pour notre camarade, mais il l'avait sentie à me voir m'arrêter afin de le regarder courir, jeter la balle ou bondir légèrement. Bereng m'attaquait à ce sujet et s'efforçait à détruire mon estime pour celui qu'il appelait « le Rat des champs » : il le dépréciait en raillant sa lenteur à l'étude, et faisait de la force, de l'adresse au jeu une compensation mesquine, et presque la preuve de l'infériorité intellectuelle. Il affectait, en passant près de Rupert, de déclarer quelques vers de la fable à laquelle il avait emprunté le surnom qu'il lui donnait ; Rupert, qui s'en souciait peu, se contentait de l'effrayer en paraissant le viser avec la balle. Bereng s'entourait aussitôt la tête de ses bras et levait une jambe, puis, rien ne venant, il se risquait à se découvrir, et c'était ce moment-là que Rupert attendait pour tirer.

Bereng repoussa de tout son pouvoir le choix que l'on avait fait pour l'attribution du prix de camaraderie, et cela devant le candidat lui-même, contre lequel il entreprit un discours tendant à prouver l'erreur qu'il y aurait à couronner sa force. Il proposait Daunis, mais la cour ne le suivait pas. Méjean, Courtot, Terrouet parcouraient les groupes en faveur de Rupert ; le dernier moins par amitié pour le candidat que par esprit de contradiction envers Bereng. Le grand Charlot promettait des coups à son frère si le petit n'usait pas de sa voix comme il convenait. Daunis laissait faire et ne s'assurait même pas un partisan. Bereng, las de combattre, revenait vers moi qui me laissais presque persuader. Le moment vint vite où la décision dut être prise. Méjean et Terrouet avaient préparé des bulletins au nom de Rupert, Courtot les aidait dans leur distribution. Bereng, qui s'y était pris trop tard, tâchait de placer utilement ceux qu'il avait pu faire pour Daunis. J'en reçus de deux sortes, mais promis à Bereng de ne me servir que du sien. Nous fûmes rassemblés après le dîner dans la salle de physique. M. Laurin, aidé du surveillant général, recueillit les votes et procéda au dépouillement. Il n'y eut que deux bulletins au nom de Daunis ; celui de Bereng et celui de l'intéressé, un troisième portait : « Je vote blanc. » Tous les autres désignaient Rupert… Ma voix aussi lui était allée ; je ne pensais pas que son rival serait si dépourvu. Bereng me regarda avec colère, jeta en sortant une phrase où je distinguai le mot « trahison », et s'éloigna en emmenant son candidat malheureux. Il affecta de se tenir à distance, tandis que la cour portait Rupert en triomphe et l'acclamait. Je comprenais ma faute, sans en éprouver de remords ; je ne croyais pas que Daunis fût indigne, mais le succès de Rupert me touchait mieux. Le vainqueur, cependant, ne paraissait point croire qu'il m'en dût quelque chose, et tout son groupe m'ignorait. Je tentai de m'y mêler, mais j'en fus chassé comme ennemi : je me trouvai seul. À l'écart, Bereng gesticulait devant Daunis. Ravet, les mains dans les poches, fouillait du pied le gravier de la cour. Gernon poursuivait Florent qui riait, Charlot sifflotait, les yeux vagues. À leur tour, les Grands sortirent de la salle où ils nous avaient succédé, et proclamèrent une victoire difficilement remportée. La cloche sonna pour le coucher. Je laissai passer tous les autres, et montai derrière eux, le cœur gros, les pieds lourds.

★

La dernière semaine commençait; les entrepreneurs étaient venus reconnaître sous les arbres la place de l'estrade où les prix devaient nous être officiellement décernés. Les cigales ne cessaient plus de vibrer. Mes journées se passaient solitaires; Bereng continuait à me dédaigner. Il se promenait maintenant avec Daunis, et lui narrait ses histoires. Lorsque nous nous rencontrions, il affectait d'adresser tout haut à son compagnon des avis en vers tirés de La Fontaine. Je ne les saisissais pas toujours très bien, mais les mots retenus me guidaient pour en retrouver le texte dans le livre de lecture où Bereng se fournissait. Il emprunta ce quatrain, entre autres, à la fable «Le Villageois et le Serpent»:

Il est bon d'être charitable,
Mais envers qui?... C'est là le point.
Quant aux ingrats, il n'en est point
Qui ne meure enfin misérable.

J'appelais les vacances. Elles m'apparaissaient comme un portique ouvert sur de lumineuses prairies, tout au bout du couloir sombre où je devais me traîner encore quelques jours. Tout mon cœur tendait vers elles, et j'aurais voulu dormir jusqu'à leur premier jour. Je sentais autour de moi une suspicion constante, une sourde hostilité que je ne m'expliquais pas: on cessait de parler à mon approche et, quand je passais, des regards me désignaient. Les récréations surtout me lassaient. J'en étais venu à m'asseoir au seuil d'une classe, à regarder errer les autres dans la poussière qu'ils soulevaient, ou choir, une à une, quelques feuilles déjà grillées. Charlot allait et venait devant moi avec une apparente indifférence, mais je ne pouvais croire qu'il errât sans dessein de mon côté.

Bientôt, je le vis s'approcher tenant un objet qu'il examinait. Il leva sur moi des yeux timides, et me demanda si je n'avais pas perdu un couteau ; en même temps, il me montrait celui qu'il portait, qui était de corne blonde avec un anneau. Je n'en avais jamais possédé de semblable. Charlot resta près de moi. Nous causâmes comme si rien ne s'était passé ; il apportait seulement à s'exprimer un peu moins d'abandon que d'habitude, et moi, je me sentais plus triste de ce qu'il fût venu. Il me tendit la main à la rentrée, et son sourire était tel que j'en eus presque des larmes.

Nous continuâmes, ces derniers jours, de nous retrouver ainsi ; de plus en plus la solitude se faisait autour de nous. Des hommes clouaient à grands coups les solives de l'estrade. Nous ne travaillions guère que le matin ; le reste de la journée se partageait entre l'étude et la cour, où personne ne jouait plus. Un jour, je m'endormis sur ma table et je rêvais être libre. Lorsque je me réveillai, la voix du maître qui réprimandait un élève me parut frapper mes oreilles pour la première fois ; ma bouche était amère et mon front était lourd. Des insectes bourdonnaient et le soleil semait des taches rondes sous les arbres ; la chatte aveugle traversait la cour... Je repris la vie comme un fardeau. La cloche sonnait la sortie, j'eusse préféré demeurer, tant mes membres se refusaient à toute fatigue. J'allai m'étendre au pied d'un arbre, où Charlot ne tarda pas à venir me rejoindre. Nos camarades, en groupe devant la chapelle, paraissaient discuter un jeu nouveau ; nous les vîmes se lier tous par la main, en une longue chaîne que Rupert en tête commença de dérouler. Il la fit lentement serpenter entre les arbres, évoluer autour de nous, l'animant d'un mouvement de plus en plus rapide à mesure que sa course se précipitait. En passant près de notre arbre, le dernier, qui était Méjean, saisit Charlot par le bras et l'entraîna. Rupert imprima aussitôt à la chaîne un mouvement giratoire tel que Charlot, placé à l'extrémité et ne suffisant pas à multiplier les enjambées, fut lancé comme une balle de fronde dans la poussière de la cour. Il se releva en pleurs et gagna, tout boitant, une classe, vers laquelle je me précipitai quand je compris qu'on me réservait un sort semblable. Je me mis à courir pour éviter la poursuite de Méjean qui, fort heureusement retardé par ceux qu'il tirait à sa suite, ne réussit pas à m'atteindre. La chaîne changea de tactique et parut vouloir se refermer sur moi. Elle barrait la cour entière ; où que je fuie, elle menaçait de ses cent têtes. Le maître des Grands, se promenant dans l'allée, veillait seul aux deux cours : j'aurais vainement appelé à l'aide. Je tentai d'échapper encore, mais chacun des vivants anneaux tendait vers moi, et, bientôt, je fus entouré, pressé, bourré par les genoux qui se levaient pour frapper à défaut des mains liées ; des pieds foulèrent les miens, des faces hurlantes me couvrirent de crachats et d'injures ; l'une d'elles cria : « Fils de fou !... » Je frappai. À droite, à gauche, des pieds et des poings, la tête baissée, je frappai. Une sorte de rage m'avait saisi ; je ne sentais plus les coups reçus, j'en donnais. Il me semblait que l'ennemi n'avait qu'un visage, celui de Rupert ou de Bereng, que je massacrais sur tous les autres. Mais le nombre m'écrasait. La chaîne rompue, les mains libérées m'atteignaient de toutes parts et me forcèrent de reculer. Je me trouvai soudain adossé à la porte du vestibule, elle céda ; je roulai dans le couloir. En me relevant, je vis, au fond, la grande porte entrouverte ; j'y courus et m'élançai...

La rue qui m'apparut déserte au soleil de quatre heures n'arrêta pas mon essor ; elle menait à la campagne, je la suivis d'un pas précipité. Mes oreilles tintaient encore des injures reçues, mes joues brûlaient, mes mains gonflées étaient rouges, j'étais nu-tête. La peur d'être rejoint me fit hâter la marche. Je m'orientai vers La Grangère, seul refuge qui me restât, et, sans rien sentir de l'ardeur de la journée, je me pris bientôt à courir. La route était longue ; je dus m'arrêter plusieurs fois. Le souffle me manquait quand j'aperçus le toit que je souhaitais; un nouvel effort me porta jusqu'aux vignes parmi lesquelles je m'engageai. J'atteignis le portail et pris l'allée; je vis ma mère sous les arbres, je l'appelai et me jetai dans ses bras.

Ce furent trois jours de fièvre et de délire où l'on craignit que mon cerveau ne résistât point, et qui ne me laissèrent d'autre souvenir que celui d'un réveil apaisé dans le demi-jour d'une chambre où mon premier appel fit se lever ma mère. Les prix étaient donnés depuis la veille; on me montra sur la table le livre rouge et la couronne de papier vert que mon travail m'avait valus. Le collège fermait ses portes: ma mère m'embrassait avec tendresse, je me sentis délivré. Il n'y avait plus en moi que le bonheur de me retrouver à La Grangère et le désir de m'étendre à l'ombre, tout seul et longtemps dans le jardin.

4

Les jours vinrent à moi de nouveau paisibles et purs. Leur cours semblait celui d'une eau tranquille où le ciel se reflète complaisamment ; je ne savais que les regarder s'épandre sur la maison et le jardin. Je traînais, le matin, un fauteuil d'osier sous les arbres et j'y demeurais, un livre inutile sur les genoux, les yeux mi-clos, le regard vide, heureux de la fraîcheur de l'air sur mes bras nus dans une blouse de toile. Je ne laissais mon rêve que pour me déplacer avec l'ombre et me rendre à l'appel de Segonde, lorsque le déjeuner était servi. Des noms d'élèves vivaient encore en moi ; il suffisait que ma somnolence devînt plus forte pour qu'ils montassent à mes lèvres et que je fusse agité de leur souvenir. Mes yeux s'ouvraient alors subitement, je me dressais comme pris en faute, et retombais souriant de revoir autour de moi le décor familier. Les poules caquetaient dans le silence, la feuillée bruissait comme une mer lointaine ; sur les coteaux, dormaient les belles couleuvres que sont les routes tachées d'ombre. Le calme de l'heure m'apaisait.

Mon père se montrait peu ; il sortait de grand matin dans la campagne et sommeillait durant le jour. Il travaillait fort longtemps chaque soir à un ouvrage de composition musicale qui le prenait tout entier. Mes nuits étaient sereines. Segonde, qui occupait la mansarde au-dessus de ma chambre, s'inquiéta d'abord de m'entendre me débattre, appeler des camarades et parler haut dans mon sommeil ; mais, peu à peu, les mauvais songes me laissèrent, et je tombai dans un grand oubli des derniers jours. Je ne fermais pas la fenêtre, pour m'endormir en regardant les étoiles. L'air qui entrait sentait le foin, le chant des grillons vibrait à l'infini et, par instants, se détachait la note flûtée des crapauds d'été. Je m'éveillais aux fraîcheurs de l'aube, toute pépiante d'oiseaux.

Par sa présence, ma mère, toute soucieuse qu'elle fût, me donnait le bonheur. Dès le matin, je la rejoignais au jardin où elle s'installait à broder en robe claire. Près d'elle, je goûtais l'oubli de toutes les atteintes ; je trouvais le calme à son côté, la fraîcheur dans son ombre, et, quand tout ce qui peut menacer un enfant se fût rué dans l'enclos, je n'en aurais conçu aucun trouble en mon âme, dans l'assurance ou j'étais que toutes les puissances mauvaises n'eussent pu dépasser le cercle tracé par son regard. Assis près d'elle, sur une chaise basse ou par terre, quelquefois, je contemplais son profil attentif, le geste dont elle piquait l'aiguille dans la toile tendue ; ses manches s'arrêtaient au coude par un volant que le bras levé faisait onduler. Si une feuille détachée des marronniers se posait en main ouverte sur son ouvrage, elle l'enlevait doucement et son regard, détourné de la besogne, me souriait. Elle me demandait de lui lire quelque passage de mon livre de prix, où étaient des pages choisies des *Mille et Une Nuits* ; elle s'intéressait avec moi au voyage d'Aladin à travers les salles mystérieuses et les jardins aux fruits de cristal, au défilé des esclaves de la Lampe ou des serviteurs de l'Anneau, à la surprise heureuse de la pauvre mère devant les plats d'or servis au souhait de son fils. Je m'arrêtais pour commenter avec elle l'apparition des génies, la capture étrange du pêcheur, ou telle autre surprenante aventure de poissons parlants ou de princes enchantés au fond de palais solitaires... Mes doigts se collaient à la couverture peinte, d'où je les retirais fardés du rouge qu'ils y avaient pris, et ma mère me recommandait de les éloigner de son ouvrage.

Ma tante ne nous rejoignait guère que l'après-midi, sa matinée s'employant au soin des comptes et du ménage; le déjeuner terminé, elle se tenait près de nous, occupée à sa couture, et nous nous taisions sans être gênés de n'entendre que le crissement d'une aiguille sur le dé. Je regardais passer les nuages; ils me paraissaient tantôt des chars glissant avec douceur, tantôt des animaux ou des figures nues qui s'étiraient dans l'azur.

Le soir nous retrouvait sous la charmille ou tout au fond du potager frais arrosé et qu'un air moins tiède éventait. Les étoiles brillaient au-dessus de nous; quand l'une d'elles, se détachant, rayait la voûte bleue, ma tante se signait en disant qu'une âme libérée du Purgatoire retournait à Dieu. On entendait des voix dans les champs ou sur la route, et les arbres formaient sur le jardin une ombre si confuse que j'aurais eu peur de le traverser seul.

★

Il y eut, cette année-là, des chaleurs telles que je ne me rappelle pas en avoir subi de semblables. Les après-midi devenus torrides nous firent chercher refuge au salon, dans le demi-jour des persiennes jointes; mais la température y était encore étouffante, et c'est à l'entrée du couloir que nous finîmes par nous établir. La porte ouverte sur le jardin était tendue d'un store en paille, à travers quoi les arbres m'apparaissaient éloignés, vaporeux ainsi qu'un mirage. Une incessante menace était dans l'air; elle me faisait sans force, accablé du poids de mes membres, et j'en souffrais d'autant plus que ma mère nous laissait alors pour se rendre près de mon père, que cet état de l'atmosphère indisposait. Nous en étions quittes, parfois, pour de sourds roulements dans le ciel obscurci, mais des orages éclatèrent à plusieurs reprises et nous causèrent de réelles frayeurs.

L'un d'eux atteignit une grande violence. Toute la matinée avait été lourde, mais ce fut seulement vers quatre heures que la tempête se déchaîna. Un subit crépuscule s'abattit sur la campagne, et la foudre déchira la nue, suivie d'immédiates détonations. Nous nous hâtâmes de gagner l'intérieur et de clore la maison. Ma tante aurait même voulu tirer les volets de la petite salle ; la peur de faire entrer l'orage la retint ; elle se contenta de tourner son fauteuil vers la cheminée et de se couvrir la face en se signant à chaque éclair. Mon père ayant, par hasard, souhaité demeurer seul, ma mère continuait de travailler près de nous avec un visage placide qui éloignait un peu la crainte de mon cœur ; mais Segonde, assise au foyer, tenait son chapelet et récitait, pour chaque grain, une sorte de prière rimée que je savais aussi, et répétais en moi-même avec elle :

Sainte Barbe, sainte Fleur,
Par la croix de Notre Seigneur,
Si l'orage tombe sur nous,
Sainte Barbe, protégez-nous.

« Les marins sur la mer !... » dit ma tante.

Une tragique lueur nous venait par la fenêtre, où le ciel chargé se montrait béant d'une plaie jaune. À cette clarté, ma mère était blême autant que le linge qu'elle ourlait ; la figure de ma tante devenait de cire ; Segonde, les yeux clos, offrait une face aveugle sculptée dans du bois. La foudre continuait de luire et de frapper, et je pensais aux jours terribles où la justice de Dieu passait sur les villes maudites, en pluie de soufre et de feu. Longtemps, éclairs et roulements se succédèrent ; ma mère priait à son tour, et je m'étais blotti près d'elle pour cacher mon visage entre ses mains, sur ses genoux. Enfin la pluie commença de tomber, lourde, serrée, en un ruissellement de cataracte ; une heure durant, elle mit son voile derrière les vitres et son bruit de déluge autour de nous. Mais la fraîcheur vint avec elle. La fenêtre fut rouverte pour le dîner, les massifs exhalaient leur arôme, le ciel s'éclairait, tout respirait la délivrance et le confiant abandon.

Mon père ne put travailler et vint s'asseoir avec nous au seuil du jardin humide, où les allées se creusaient en ruisseaux. Le ciel était pâle encore, mais l'épaisseur des feuillages faisait la nuit devant nous ; nos regards se perdaient sous eux comme dans un temple où s'indiquait à peine la colonnade des troncs. Toute une vie se devinait parmi les branches, à mille froissements secrets. Les feuilles couchées par l'averse se relevaient et laissaient choir les gouttes pendantes à leur extrémité ; des oiseaux muets s'ébrouaient et lissaient leurs plumes ; les limaces devaient glisser, les escargots monter aux tiges et se nourrir goulûment. Une chauve-souris circulait et l'on entendait jouer ses ailes.

Les tilleuls, les marronniers ronds de hauteur égale formaient une masse que dominait l'antenne oscillante d'un peuplier Carolin. Je faisais de celui-ci le berger du troupeau paisible, le guetteur en correspondance avec l'horizon lointain, les régions hautes où passent les brises, les étoiles qui, dans le ciel lavé, brillaient plus vivement. Il semblait moins que les autres arbres tenir à la terre, et frémissait avant eux à l'approche de l'ombre, de la pluie ou des vents ; les autres n'étaient à ses pieds qu'une foule attentive qui, lorsque son alarme la troublait, commentait, en l'amplifiant, la nouvelle reçue du danger.

L'espace libre sur nos têtes laissait voir Véga, les deux Chariots, la Polaire, Cassiopée et les autres signes étranges du ciel.

★

Nous eûmes une grande abondance de fruits dont, à chaque repas, s'orna notre table. Les prunes tombaient sur le sol du verger, et leur pulpe où je mordais était chaude dans le jour, et glacée et plus douce, il semblait, au matin. Les fourmis les mangeaient jusque sur l'arbre. Bientôt, les filles de Gentil les vinrent toutes cueillir en de rondes corbeilles qu'elles emportèrent à deux, un bras pendant, la démarche alourdie. La récolte fut vendue au marché, mais Segonde avait prélevé sa dîme, et l'odeur des confitures enveloppa mon réveil un matin. Il y eut aussi des abricots couleur de rose et piqués de feu, et des pêches que ma tante cueillait avant leur maturité dernière, pour les ranger sur la desserte de la salle à manger déjà pleine de leur parfum. Elle mettait pour le repas les plus mûres dans une coupe à jour, garnie de feuilles de vigne ou de figuier, et mes doigts, au dessert, s'y glissaient avec délice.

Nous n'allions plus en ville le dimanche, c'est au village voisin que nous nous rendions à pied pour entendre la messe; nous rentrions ensuite et ne quittions plus la maison. Pour distraire ses mains oisives, ma mère faisait des bouquets ou coupait, sur les rosiers, les fleurs fanées; ma tante lisait les vêpres, et je prenais le missel après elle pour y chercher la suite des Évangiles que j'aimais feuilleter. Ils m'ouvraient un pays heureux aux lignes simples où des lacs poissonneux reflétaient de calmes montagnes, où j'aurais voulu vivre parmi les apôtres et les saintes femmes, au visage de qui je prêtais des traits familiers. Marthe, secourable et préoccupée, revêtait l'apparence de Segonde; je la voyais chez Lazare, préparant le repas et s'inquiétant de n'être pas aidée, ou courant implorer Jésus à la mort de son frère et ne pouvant taire ses doutes quand le Maître lui dit: «Ton frère ressuscitera.» Je donnais à la Sainte Vierge le front pur, le regard pensif, les lèvres closes de ma mère ; ma tante devenait Véronique, à cause de son veuvage et pour le bonheur que j'avais eu, un jour, à ce qu'elle lavât ma face suante ; pour Marie, sœur de Marthe et de Lazare, que je voyais assise aux pieds de Jésus, je ne la pouvais imaginer plus rêveuse et plus douce que Daunis ne m'était apparu. Et c'est Charlot que je reconnaissais dans la foule confiante qui suivait le Seigneur, vivait de sa parole, se nourrissait des pains multipliés, et fût allée à Lui en marchant sur les flots. Je plaçais ainsi d'autres visages sur ceux des personnages du grand drame chrétien, et mes camarades me servaient encore, suivant leur caractère, pour animer chaque scène. Il n'y avait qu'un passage que j'évitais de relire, celui où saint Pierre, interrogé sur son maître, le renonce devant des servantes ; il me forçait trop à me rappeler que j'avais aussi abandonné mon ami.

Je lisais encore les paroles des Psaumes, mais elles me semblaient obscures et m'inspiraient une crainte que je ne tentais pas d'expliquer. Souvent, au milieu de ma lecture, arrivait Mlle Aurélie ou quelque autre amie de ma tante qui nous rendait à son tour nos visites de l'hiver ; elles se montraient bienveillantes pour moi, me tapotaient la joue et se plaisaient encore à constater ma ressemblance avec ma mère. Elles goûtaient l'ombre et le calme de notre retraite ; le soir venait cependant qu'elles rapportaient les petites histoires de la ville, ou les paroles du sermon ; ma mère leur cueillait des fleurs. On les eût priées à dîner sans l'irritation que risquait de causer à mon père leur présence à notre table. Elles semblaient comprendre l'embarras où nous étions de les retenir, et nous laissaient de bonne heure, trouvant elles-mêmes un prétexte à leur départ. La table était alors dressée dehors, et j'aimais ces repas sous les arbres, tandis que mourait le jour. Mon père se retirait tôt pour travailler chez lui ; ma tante et ma mère demeuraient perdues dans leurs pensées, ou parfois les échangeaient au sujet des événements de la journée. Le reflet des flambeaux animait leur visage; un peuple inconnu d'insectes entourait la flamme et s'y brûlait les ailes, j'écoutais leur bourdonnement d'agonie sur la nappe... Le jardin noir se resserrait autour de nous.

★

Vers la fin d'août, mon père se reprit à sortir dès l'aurore et encore le soir; il nous laissait même avant le dîner. Notre réunion à table paraissait lui devenir pénible, il mangeait peu, très vite et, souvent, repoussant son assiette dès le milieu du repas, s'accoudait et posait dans ses mains un front qui semblait lourd. Nous tombions de nous-mêmes dans le silence, et s'il m'arrivait de désirer quelque chose, je ne le savais plus demander qu'à mi-voix, et comme si j'eusse craint de troubler un sommeil. Plus que jamais, je me gardais de toute maladresse, et l'instant où mon père se levait pour remonter chez lui marquait vraiment celui de ma délivrance. Ma tante et ma mère laissaient alors leurs yeux se parler sans contrainte et, à l'issue de ce colloque, le regard de ma mère s'arrêtait si fixement devant elle que des larmes ne tardaient point à le faire briller.

Je me couchais sans revoir mon père, qui avait dormi pendant les heures chaudes du jour. Vers le milieu de la nuit, le piano qu'il ouvrait m'apprenait son retour. Ce ne fut d'abord que la secrète pénétration de mon rêve par l'harmonie qui me berçait, enveloppait mon esprit et le guidait aux songes; mais, en peu de temps, ceux-ci me laissèrent dès l'appel des préludes et, du fond de mes rêves, je remontai chaque nuit avec le sentiment d'aborder une rive heureuse à mesure que je reprenais mes sens. Je me plus, les premières fois, à laisser la musique venir jusqu'à moi, mêlée au vent doux, aux chœurs d'insectes, aux bruits de feuilles, puis, peu à peu, j'allai vers elle et, quittant mon lit, je m'accoudais à la fenêtre et demeurais à l'ouïr. C'étaient, en général, de longues sonates où le thème initial était repris, commenté, magnifié en des accords qui s'élevaient comme une floraison nombreuse ; des chants passionnés évoquant la forêt sous l'orage, de larges discours apaisés qui étendaient devant mes yeux un lac où dormait la lune. Bientôt leur succédait un air à la fois vif et triste qui, sans cesse brisé, semblait renaître et ne s'achever jamais ; mon père, apparemment, devait s'y complaire et ne finissait pas de se le répéter. Mon attention, que la variété des chants ne soutenait plus, cédait alors à la somnolence et ne continuait qu'à demi de suivre l'harmonieuse plainte, et je croyais voir, de mon corps alangui, s'élancer un être imaginaire et fait à ma ressemblance, qui se tenait devant moi dans l'azur épais de la nuit. Je m'éveillais tout frissonnant, à l'aube humide ; les oiseaux s'ébrouaient à peine, je me jetais sur mon lit en grelottant, et ce fut une fois ma mère qui vint, fort avant dans la matinée, me tirer d'un sommeil prolongé qui l'inquiétait.

Un jour que je poussais à cloche-pied un caillou dans l'allée menant à la charmille, je m'arrêtai à l'entrée de celle-ci, surpris de voir sur un banc, et le front dans ses mains, mon père que je croyais chez lui. Mon premier mouvement fut de fuir ; je le réprimai et m'avançai jusqu'au banc, à l'extrémité duquel je m'assis. Mon père ne semblait pas se douter de ma présence. Je remarquai sur le sable, devant lui, une portée et quelques notes placées sur celle-ci ; la baguette avec laquelle il les avait tracées reposait sur ses genoux. Je ne savais si je devais partir ou rester ; soudain, sans relever la tête, mon père m'ordonna de le laisser ; l'émotion me clouait sur place et je ne pus faire un pas malgré le grand désir que j'avais de m'échapper. La baguette craqua dans ses doigts crispés et, de nouveau, sa voix s'éleva dans une imploration si douce que, retrouvant mes forces, je me levai. J'allai posément jusqu'à la porte de feuillage ; à peine l'eus-je passée qu'une folle terreur me força de courir ; je franchis le jardin, en sautant les massifs, et m'abattis dans la cuisine où Segonde, effarée, me releva. Je lui parus si pâle qu'elle sortit, me croyant poursuivi, puis elle revint s'enquérir de la cause d'un si profond effroi ; je ne sus que lui répondre, et je me réfugiai dans la petite salle où mon tremblement s'apaisa.

Pendant la nuit qui suivit, la musique que j'écoutais encore s'arrêta brusquement, et un bruit de voix me parvint ; ma mère était entrée dans le salon. Je ne distinguais pas ses paroles, mais leur ton était celui de la prière ; elle parla seule, par périodes, longtemps, sans que rien lui répondît qu'une note unique, toujours la même, frappée à la basse du piano. Enfin, je crus entendre mon père prononcer une phrase brève, et ce furent un rire amer et des sanglots qui se perdirent dans une improvisation tumultueuse, si longuement soutenue et reprise que je m'endormis sans qu'elle se fût éteinte, en rêvant qu'un vol d'oiseaux en fureur saccageait les massifs de l'enclos.

★

L'août passa comme un songe lumineux et paisible, et le tendre septembre occupa la campagne. Il offrait tous les fruits et des fleurs encore pour faire oublier sa naissante mélancolie ; mais les soirs déjà courts, les matinées plus fraîches, je ne sais quoi d'automnal dans le ciel, l'air, les présents mêmes qu'il apportait disaient la secrète blessure de l'année ; et la moitié de mes vacances s'achevait. Les jours qui me séparaient de la rentrée allaient tomber un à un, tels des défenseurs inutiles ; octobre viendrait les couvrir de ses feuilles et me reprendre à La Grangère ; que je m'attristais déjà de quitter.

Les raisins gonflés de la treille attiraient les guêpes qui s'y engluaient avidement, et mettaient à notre porte une couronne bourdonnante dont j'étais apeuré ; les vignes s'alourdissaient par le bas, et les grappes bleues écartaient les feuilles, ainsi que les poussins que leur mère ne peut plus dérober sous ses ailes. On préparait les vaisseaux vinaires ; le réfectoire des vendangeurs, frais lavé, prenait l'air ; on restaurait le pressoir, et le cuvier ouvert répandait dans la cour sa senteur aigre. Derrière la maison, les rosiers recommençaient de fleurir ; leurs roses, moins légères que celles de mai, ployaient les tiges comme des fruits dont elles prenaient la couleur ; des cétoines dormaient au cœur de certaines et remuaient de lentes pattes qui froissaient le nid soyeux. Elles naissaient à profusion, et leur parfum stagnait sur l'allée au long de laquelle elles s'ouvraient ; elles avaient des noms étranges qui ne leur convenaient point, mais qui faisaient d'elles des personnes dont on s'entretenait. Segonde s'extasiait sur l'abondance de la *Gloire de Dijon*, parlait de *Mme Bérard* comme d'une amie, et encore du *Maréchal Niel*. Une seule, la *France*, qui était rose, me semblait bien nommée, et j'aimais aussi le *Souvenir de la Malmaison*. On dédaignait un peu les roses du Bengale qui, dès midi, laissaient choir sur la haie leur corolle simple, déclose du matin. Les roses *Mousse* semblaient au contraire ne pouvoir écarter les vertes côtes des sépales et sentaient fort sans s'épanouir ; on les laissait se faner sur leur tige. On coupait de préférence les fleurs de quelques rosiers blancs touffus de feuillage ; ma tante en envoyait chaque semaine au cimetière où reposait, outre son mari, la fille morte jeune qu'elle avait si longtemps pleurée. Ma mère m'avait parlé de cette cousine, aux noces et à l'enterrement de laquelle elle se rappelait, tout enfant, avoir assisté. Je savais que sa chambre, non loin de la mienne, demeurait intacte ; un jour, j'y étais entré parce que la porte en était ouverte et que ma tante s'y trouvait. Un après-midi, ma tante m'y emmena de nouveau pour que je fisse choix d'un livre durant qu'elle époussetait. Les branches d'un catalpa s'appuyaient aux persiennes mi-closes, par où filtrait un jour vert. Il y avait un prie-Dieu de velours devant un bénitier, près du lit ; une couronne de mariée, sous globe, ornait la cheminée ; au mur, pâlissait la photographie d'un groupe de jeunes filles en résille et qui souriaient. Je sus parmi elles retrouver ma cousine ; son visage long s'offrait de trois quarts avec un regard droit qui en accusait l'expression d'inquiétude. Ma tante trouvait que j'avais dans les yeux quelque chose de sa fille, et me le répéta en passant un linge sur le cadre. Au-dessus de la commode, une étagère vitrée contenait quelques livres dont je déchiffrai les titres dédorés. C'étaient pour la plupart de pieux ouvrages tels que le *Froment des élus* ; il s'y ajoutait des romans de jeunes filles : *Le Journal de Marguerite*, *Marguerite à vingt ans* et d'autres plus connus, *Ivanhoë*, *Graziella*, *Les Martyrs*. Ils me tentèrent moins qu'un fort volume de journaux reliés, dont les images m'attirèrent et que je demandai d'emporter. Sous la couverture, étaient des romances copiées à l'encre violette ; je reconnus leurs paroles que ma mère chantait quelquefois, lorsque j'étais seul avec elle :

Tout le long, le long du ruisseau,
Lucas marchait auprès de Rose…

et une autre encore que je préférais à celle-ci, à cause du refrain :

Attendez qu'ici-bas
Leurs beautés soient écloses ;
Laissez mourir les roses,
Ne les effeuillez pas !

Je montrai ces pages à ma tante, qui sourit, acheva d'essuyer la cheminée, ferma la fenêtre et descendit avec moi.

Je feuilletai, le reste du jour, le gros livre un peu piqué et qui sentait la moisissure. Il donnait des gravures de mode où les dames portaient de larges jupes et de petits chapeaux ; des recettes, des modèles d'ouvrages, et encore un roman qu'il fallait suivre de semaine en semaine. Un rébus terminait chaque numéro ; je tâchai d'en deviner quelques-uns ; mais je savais où trouver la réponse et n'avais plus la patience de chercher. Je découvris à la fin du volume, écrit plusieurs fois et souligné de paraphes variés, le prénom d'Odélie, qui était celui de ma cousine, suivi d'un nom de famille que je ne me rappelais pas avoir entendu prononcer. Je le montrai à ma tante, elle mit ses lunettes, se pencha sur la page et me dit doucement :

– Ce devait être à l'époque de son mariage.

Le soleil, qui baissait, éclairait le dessous des feuillages, et l'ombre des troncs s'allongeait indéfiniment sur le sol.

★

Un matin, j'aperçus une fillette dans la cour ; j'appris qu'elle était la petite-nièce de Gentil et de Maria, qui devaient la garder quelques jours chez eux. On me défendait de jouer avec elle parce que son accent était mauvais, mais, un après-midi, je la fis entrer au jardin.

Elle portait un tablier à carreaux bleus, aux poches gonflées comme celles de Charlot. Ses cheveux courts étaient tirés en arrière par un peigne rond sur lequel ils se recourbaient ; son regard me surprit et, comme je la fixais, je m'aperçus qu'elle louchait. Elle s'appelait Zoé. Je m'enorgueillis de la promener dans mon domaine, et lui offris quelques fleurs. Je lui montrai la Vielleuse et la Muse. Nous ne jouâmes pas ; elle me raconta beaucoup de choses sur ses parents qui habitaient à mi-route du chef-lieu, dans une propriété plus belle que La Grangère. Le lendemain, elle revint avec sa poupée qu'elle me présenta ; je trouvai celle-ci mal habillée et le dis à Zoé en lui désignant le haut de la robe qui se gonflait étrangement.

La petite fille sourit et me demanda de deviner la cause de cette inélégance ; j'allais dire ma pensée quand la malice que je vis dans les yeux bigles me retint. Je voulus que Zoé s'expliquât la première ; elle n'y daigna point consentir, et nous décidâmes d'écrire chacun sur un morceau de papier ce que nous n'osions nous confier. Nous fîmes ainsi, puis échangeâmes nos billets ; j'avais mis sur le mien : « un abcès » ; je trouvai sur l'autre : « une montre », mais un mot effacé au-dessous me révéla que ma voisine ne s'était point livrée et le sourire qu'elle gardait me gêna.

Nous ne nous vîmes pas de quelques jours et je ne laissais pas de beaucoup penser à elle ; ses yeux déviés m'intriguaient ; je me demandais comment les choses venaient s'y peindre, et je m'essayais secrètement à me donner son regard. Segonde, qui me surprit, me gronda en m'assurant que je loucherais comme Zoé si je continuais à me moquer de celle-ci. Un après-midi, je la trouvai au jardin où elle était venue avec Gentil, qui s'occupait du potager. Comme nous causions sur le banc, la tentation me vint de loucher encore, et j'y réussis si bien que je me tournai sur-le-champ vers la fillette pour la prendre à témoin de mon succès. Elle se leva et partit en pleurant. J'eus conscience de ma méchanceté involontaire, et courus après Zoé pour la consoler. Je lui offris des fleurs, mon couteau, un livre, dans la crainte où j'étais qu'elle n'allât se plaindre à son oncle et que quelque chose n'en vînt à la maison… Mais à toutes mes propositions, elle secouait sa tête baissée et sanglotait plus fort en se frottant les yeux. J'étais à bout de promesses quand elle se mit à sourire et me dit : « Je veux être ta bonne amie. » Malgré quelque embarras, je lui jurai qu'elle le serait en effet. Elle sécha ses larmes, prit mon bras et se fit promener autour des massifs dont il fallut que je lui nommasse toutes les fleurs ; elle allait en se dandinant, et feignait de relever sa robe qui n'atteignait qu'à ses genoux ; cependant, elle voulait savoir si c'était ainsi que marchaient les grandes dames. Quelques instants après, comme nous étions assis de nouveau et ne parlions plus, à brûle-pourpoint Zoé me demanda si j'avais vu des fous ; ses yeux, brusquement levés, me fixèrent et je sentis se dérober les miens. Toutefois, je fis signe que non avec ma tête, et l'interrogeai à mon tour. Elle m'assura connaître une maison où il s'en trouvait un, et prit un air de mystère quand je la priai de me désigner ce lieu. Puis, se levant, elle prétendit imiter une crise de folie, et commença de sauter sur place, la bouche ouverte, les bras écartés en jetant des cris. Segonde, qui surprit ce jeu, se scandalisa de ces manières et m'appela pour le goûter. Elle me retint près d'elle, en me reprochant ma désobéissance. Quand je pus sortir, Gentil et Zoé n'étaient plus dans le jardin.

★

Je la revis deux fois encore. Elle savait mille jeux et trouvait moyen d'en inventer d'autres ou de les renouveler, si bien qu'on ne se lassait pas de les recommencer selon sa fantaisie. J'étais, devant une collection de cailloux, le joaillier dont elle marchandait les pierres précieuses ou, dans les allées de l'enclos, le guide qui la menait à la découverte ; elle se plaisait en outre à me faire deviner, d'après ses seuls gestes, à quel métier se rapportait la besogne qu'elle paraissait accomplir. Mais, à ces jeux-là, nous en préférions un autre qui nous divertissait fort : assis près d'elle sur le banc, je lançais au galop un attelage imaginaire que j'excitais de la voix, et qui nous menait rapidement vers les plus lointaines contrées. Le voyage était plein de péripéties : tantôt ma compagne se plaignait du soleil accablant, tantôt d'un vent terrible qui l'obligeait à maintenir son manteau et sa coiffure. C'était tour à tour le ralentissement de la montée, une épaisse forêt traversée, un homme que l'on rencontrait, puis le frisson de la descente qui renversait mon amie les poings crispés au siège, la figure pleine d'effroi. Une fois, elle poussa des cris comme si nous versions et m'entraîna à terre avec elle ; elle s'étendit en m'apprenant qu'elle était évanouie et que je devais la secourir, car je n'avais, disait-elle, pour mon compte, qu'une fracture sans importance. Je la traînai jusqu'à la charmille qui représentait l'auberge ; elle m'indiquait elle-même les soins à lui prodiguer, et me demanda de l'eau d'une voix mourante. Comme j'en rapportais dans mes mains unies, je la vis qui s'enfuyait. Elle m'avertit par des prétendus hennissements qu'elle se dissimulait derrière les massifs autour desquels je dus la poursuivre, car il lui plaisait d'être alors un de nos chevaux qui s'échappaient.

Son visage avait toute la mobilité de son humeur, et j'en venais à l'aimer sans y prendre garde. Au plus fort de nos courses, elle s'arrêtait pour secouer sa tête décoiffée, tirait son peigne et le repoussait à fond dans la masse des cheveux. Quand nous causions, elle se montrait très vaniteuse, et me parlait de somptueuses robes qu'elle possédait ; elle m'en faisait des descriptions extravagantes, l'or et les perles en formaient, à l'entendre, les plus communs ornements. À bout de paroles, elle avait, pour exprimer leurs richesses, une façon singulière de mordre très bas sa lèvre inférieure et de me regarder de côté avec son œil le meilleur, en hochant lentement la tête. Je me laissais convaincre et ne voulais plus que connaître tant de belles choses, mais il se trouvait que ses parents n'avaient pu l'autoriser à s'en faire suivre, et c'était pourquoi je la voyais mal vêtue ; toutefois, elle promettait de revenir quelque jour me surprendre par l'étalage de ses splendeurs.

L'heure sonna où elle dut songer à les rejoindre. Maria nous l'amena, un matin, pour qu'elle fît ses adieux. Elle avait laissé le tablier à carreaux et portait une robe verte, serrée d'un ruban noir ; une croix d'argent pendait à son cou. Je fus touché de la voir résignée à sa modeste parure ; on tenta de provoquer son bavardage, mais elle ne se départit point d'une réserve décente qui me plut. Ma tante eut quelques menus objets à lui offrir et qu'elle voulut bien prendre, mais elle remercia si mal que Maria, la trouvant sotte, parla de l'emmener. Je ne sais ce qui se passa en moi à l'idée que Zoé quittait La Grangère ; les larmes emplirent mes yeux, et je suppliai qu'on me laissât mon amie. Ma mère et ma tante rirent beaucoup d'une flamme si subite, et Maria s'en gaussa tout haut. Ce furent bien d'autres éclats quand je protestai vouloir épouser Zoé, et que je m'entêtai de la plus violente façon dans le projet que je venais de former. Cependant, elle ne paraissait nullement émue, et fixait l'extrémité d'un de ses pieds dont elle grattait le parquet : un peu de gêne lui venait seulement de voir se prolonger devant elle une discussion dont elle se savait l'objet. On me permit du moins de l'embrasser, en m'assurant que ma demande serait examinée ; elle me tendit docilement la joue et sortit après une révérence, sans que personne l'ait vu sourire.

Un grand ennui me vint de son départ. Il m'arrivait, le soir, de penser avec terreur qu'un jour de moins me séparait de la rentrée et, comme pour accroître mes regrets, les chaleurs revenues, en même temps qu'elles me rappelaient les beaux jours, faisaient moins désirable la reprise des études. Il me fallait terminer mes devoirs de vacances dont ma mère m'avait seulement fait écrire quelques pages. Je dus m'y mettre avec courage, après chaque déjeuner, alors qu'elle montait près de mon père. Ma tante s'installait à coudre pour me surveiller, mais deux heures ne sonnaient pas qu'elle ne fût endormie ; un léger ronflement m'en avertissait. Parmi le grand silence à peine troublé, j'écoutais résonner des pas dans les chambres, le bruit sourd de paroles prononcées et que parfois coupait un grand soupir. Mais, peu à peu, je laissais m'accabler l'engourdissement de la sieste et s'y mêler au rêve commencé le tic-tac de l'horloge et le fredonnement d'une guêpe entrée par l'entrebâillement lumineux des volets.

★

Septembre qui s'ouvrait à peine me paraissait déjà près de finir. Un à un, les jours nous laissaient comme des gardiens infidèles. L'octobre approchant les mettait en fuite, et chacun d'eux tombait comme un obstacle de moins entre mon bonheur et la rentrée que je redoutais. J'en vins à vivre dans une agitation pénible qui, la nuit, me faisait de nouveau parler haut, crier des noms d'élèves, et révélait à Segonde, qui m'entendait, toute l'étendue de mon angoisse. Je ne souhaitais revoir ni Daunis ni Charlot, et je ne pensais pas qu'il me fût possible de me retrouver en face de Bereng ou de Rupert. Leur visage évoqué me causait une aversion sans borne ; de plus, le retour en classe marquait pour moi la reprise d'une vie machinale et enfermée dont la seule idée m'atterrait. Je revoyais le dortoir, le lever aux lumières, l'étude somnolente de l'aube, l'interminable étude du soir, les récréations tumultueuses où je n'avais nulle part, l'hostilité des derniers jours, la tyrannie des forts et ma docilité à l'admettre. Tout cela, dans mon rêve, prenait figure, formait autour de moi une ronde fantastique qui allait se resserrant. Je ne comprenais pas comment j'avais pu vivre cette existence et tout me semblait préférable à la nécessité de la supporter à nouveau. J'en éprouvais tant d'effroi que je m'en ouvris à ma mère : elle répondit avec calme et tristesse à ce qu'elle nommait des caprices d'enfant gâté. Je me sentis désarmé contre le sort, et je tombai dans l'abattement.

Le moment des vendanges arrivant, ma tante se trouvait fort occupée et conférait sans cesse avec Gentil. Ma mère semblait s'éloigner et vivait de plus en plus près de mon père, à qui sa présence devenait nécessaire à toute heure du jour. Segonde eut seule pitié de ma tristesse et tenta de me réconforter. Elle achevait la besogne des confitures ; il lui arrivait de s'installer dehors avec le chaudron de cuivre dans lequel elle jetait les fruits qu'elle pelait et coupait en quatre. Je m'asseyais près d'elle et les lui faisais passer un à un. Les coings énormes laissaient à mes doigts leur duvet et une senteur âcre. Tout en les épluchant, Segonde me contait l'histoire paysanne de Jean-le-Sot et de son âne, ou de la bergère Églantine, sous qui l'herbe ne ployait pas. Elle savait, en outre, une ronde triste que je lui demandais de préférence, et qui commençait ainsi :

En revenant des noces,
J'étais bien fatiguée ;
Au bord d'une fontaine,
Je me suis reposée…

J'aimais surtout ce passage qui me touchait :

Chante, Rossignol, chante,
Toi qui as le cœur gai…
Car moi, je ne l'ai guère ;
Mon ami m'a laissée !…

Une poule que les autres battaient errait librement dans le jardin ; l'odeur des fruits coupés l'attirait près de nous, mais elle n'osait s'avancer jusqu'au tas d'épluchures et nous regardait avec méfiance, et de chacun de ses yeux tour à tour, en paraissant se parler à soi-même. Je lui jetais quelques pelures qui l'effrayaient d'abord, puis qu'elle revenait prendre et cogner sur le sol d'un bec dur. La chanson continuait :

Mon ami m'a laissée…
Pour une simple rose,
Que je lui refusai !

Les vendanges prochaines peuplaient la campagne de chemineaux qui cherchaient à se louer comme « coupeurs ». Il en venait jusqu'à la maison ; en nous voyant dans le jardin, ils s'arrêtaient à la grille pour demander à être engagés. Segonde les jugeait d'un œil prompt et secouait la tête, affirmant que la troupe était au complet. Elle disait vrai car, chaque année, les mêmes gens à peu près venaient aider à recueillir la récolte. Quelquefois, les chemineaux éconduits sollicitaient l'aumône de petits sous ou de fruits que je leur portais, avec la curiosité d'approcher leur misère. Je les regardais s'en aller ; leurs pieds traînaient dans le sentier pierreux, et je me disais que leur besace était peut-être gonflée de feuilles mortes qu'ils allaient jeter par les chemins comme une jonchée de fête pour octobre qu'ils annonçaient.

Une pluie fine tombait parfois vers le soir après une journée grise ; réfugié dans la petite salle, et souvent seul, je regardais l'ombre venir sur la cour et voiler au-delà la campagne. Quelques cris s'entendaient : la vache rentrait en traînant son entrave, une cloche s'éveillait et semblait peu lointaine à cause du vent d'ouest qui en apportait les sons. Cette heure m'était chère, mais la pensée du départ proche m'y trouvait sans force et prêt aux larmes, et je me retenais difficilement de les répandre, lorsque l'ombre emplissait la pièce et m'enveloppait avant que Segonde eût apporté la lampe.

★

Un jour se leva qui devait à jamais marquer ma vie, et dont l'aube, comme de coutume, vint m'éveiller avec douceur. Je sortis tôt, ayant hâte de vivre tout entière chacune des journées qui me restaient. Je passai de l'enclos dans la prairie et vis les volets fermés chez mon père mais, par la fenêtre voisine, entrouverte, j'aperçus ma mère qui se peignait. Je l'appelai à mi-voix, elle me sourit, un doigt sur ses lèvres, en me faisant signe de rentrer au jardin : mon père devait dormir. Un grand calme semblait lui être venu depuis une semaine, une sereine indifférence à tout ce qui, autrefois, l'excédait. Il avait repris sa place à notre table et, s'il y demeurait silencieux, du moins pouvais-je mieux être moi-même sans l'en voir irrité. Il vivait de notre vie, ne sortait plus qu'à peine, se couchait comme nous et pour la nuit entière, sans toucher au piano qui ne mêlait plus d'harmonies à mes rêves ; ma mère cependant ne le quittait point. La veille, il était descendu avec elle au jardin comme je lisais sous un arbre et, passant derrière moi, il s'était penché sur mon livre en me caressant les cheveux. Le soir, il s'était assis près de nous devant la porte et, au moment des adieux, m'avait doucement attiré contre lui comme s'il eût voulu m'embrasser. Je pensais à toutes ces choses pour m'en réjouir, lorsque je vis à mes pieds dans l'allée un oiseau palpitant aux sombres ailes étendues. Je le pris dans mes mains qu'il se mit à pincer de ses courtes pattes griffues, tandis que son œil dilaté me fixait. C'était un martinet : tombé sur le sol, il ne pouvait y reprendre l'élan nécessaire à voler. Je rentrai montrer ma capture. Ma mère, qui était descendue, cousait près de ma tante en costume de matin, attendant que le moindre bruit l'avertît du réveil de mon père. Je m'amusais de l'oiseau, tentant de le nourrir avec des mouches que son bec se refusait à saisir : ses ailes, qu'il ne voulait pas replier, s'ouvraient comme deux faux d'acier bruni sur la table, et tout le corps, de la queue à la tête plate, luisait d'un azur endeuillé.

Bien du temps s'écoula, sans doute : ma mère s'oubliait dans son travail, comme moi-même dans ma contemplation silencieuse. La pendule sonna la demie de neuf heures sans qu'un seul bruit fût venu de l'étage ; ma mère, que l'inquiétude assaillit, jugea bon de monter. Elle prit l'escalier de service qui retentit presque aussitôt de sa descente précipitée.

En la revoyant, je sentis s'imprimer dans chacun de mes traits l'angoisse qui chargeait les siens. Elle n'avait pas trouvé mon père dans sa chambre ; elle pria vivement Segonde de regarder au jardin. Elle-même fit quelques pas vers la cuisine où s'ouvraient le bûcher et la route des communs ; mais, comme frappée d'une inspiration subite, elle traversa la salle à manger et tira la porte du vestibule où elle s'avança. Nous entendîmes ses pas sur les dalles, elle dut aller jusqu'à la cage de l'escalier… La rauque exclamation qui rompit alors le silence m'emplit d'horreur, et fit se dresser ma tante. La femme qui reparut n'avait plus rien de ma mère ; une voix que je ne reconnus pas balbutiait : « Un couteau… des hommes… qu'on appelle !… » Segonde, qui rentrait, se précipita. Ma tante ouvrit la fenêtre, atteignit la chaîne de la cloche qu'elle ébranla d'une façon désordonnée, et fit signe de ses bras levés. Justin, le premier, sauta dans la pièce et la suivit dans le couloir dont la porte fut refermée.

Je demeurai seul et tremblant, écoutant venir du corridor sonore des ordres brefs à mi-voix, des exclamations contenues, les pas lourds, le halètement d'un homme qui monte, marche à marche, sous un fardeau.

★

Je ne revis mon père qu'à la lueur du cierge allumé près du lit où il reposait, dans la chambre de ma mère ; son visage était détendu et souriait, et semblait goûter une paix infinie. Ma mère fondait en larmes à son chevet et je me sentis moi-même étouffé par les sanglots. Frappée de désespoir, elle s'accablait de reproches et déplorait d'être descendue un instant près de nous. Ma tante, bien vainement, tentait de raisonner notre peine et s'abandonnait aux pleurs au milieu de ses exhortations.

En peu de temps, la maison se trouva pleine de monde.

Maria et ses filles occupaient la cuisine où Segonde se lamentait et répétait sans fin des recommandations qu'elle interrompait à mon arrivée, pour s'apitoyer muettement sur moi. Des gens entraient qu'on faisait monter sans rien dire. Mlle Aurélie parut, et sa vue accrut les pleurs de ma tante, qui la tint embrassée. Ma mère, qui adjurait qu'on la laissât en paix, devait à chaque instant se laisser prendre les mains ou baiser les joues. Elle se tut enfin, comme résignée à ce supplice nouveau. Les gens s'asseyaient en cercle, mais pour peu qu'il cessât d'en venir, elle recommençait de se blâmer à voix haute et de s'adresser à mon père comme s'il eût été vivant. M. le curé et le médecin étaient arrivés les premiers et ensemble, et ma tante avait dû longuement conférer avec eux dans la chambre mortuaire.

Vers le soir, la veillée s'organisa. Ma mère refusa de prendre du repos et ma tante de la laisser seule. Mlle Aurélie demeura, et encore une personne amie. Pour moi, je n'aurais nulle part pu me sentir tranquille, et je suppliai qu'on ne m'éloignât pas. Il en alla de même la nuit suivante où ma mère ne voulut rien entendre pour céder sa place à qui que ce fût. Elle paraissait plus calme mais, par instants, comme remise en face de la réalité, elle se cachait la face avec de grands efforts stériles pour pleurer. Ma tante, brisée d'émotion, dut regagner sa chambre. Segonde et Maria demeurèrent, leur chapelet à la main, l'air de religieuses, sous leur foulard noir, avec leur figure sèche que le cierge éclairait d'un seul côté. Le grand silence du dehors pénétrait la chambre où de sourds craquements parfois le troublaient. Je retenais mon souffle dans le fol espoir que mon père allait gémir, s'agiter, appeler ; il me semblait voir remuer sa face quand j'osais la fixer. J'étais déchiré de remords, je m'accusais de ne l'avoir pas assez aimé, de m'être montré sottement craintif devant lui, et le sentiment que j'éprouvais de ne plus pouvoir racheter ma faute me désespérait. On m'avait placé dans l'ombre, au fond d'un fauteuil, le sommeil vint m'y prendre à minuit. Quand je m'éveillai, une aube glacée entrait par le haut de la fenêtre, les servantes dormaient, ma mère, les yeux grands ouverts, semblait absente; la face renversée du cadavre avait horriblement changé.

★

Lorsqu'au lendemain des funèbres cérémonies, nous tentâmes de reprendre la vie accoutumée, un grand accablement nous saisit. Ma mère demeurait des heures en une sorte de langueur où d'affreux songes l'empêchaient de goûter le repos. Pour rien au monde je n'aurais consenti à garder ma chambre éloignée; dès le premier soir, je repris le cabinet qui touchait à la sienne. Elle parut insensible à mon retour près d'elle et, comme je voulais l'embrasser, elle me repoussa d'un geste où je crus retrouver l'impatience de mon père, et dont je restai bien peiné.

On ne parlait plus qu'à mi-voix; ma tante, qui se faisait maternelle, entourait de soins la nostalgie où s'enfermait ma mère; Segonde, silencieusement, se multipliait. Cependant, l'heure des vendanges était venue, et rien ne les pouvant retarder, l'animation qu'elles suscitèrent autour de la demeure pénétra jusqu'à nous pour nous ramener à la vie. À tout moment, Gentil ou Justin avaient affaire avec ma tante; ils entraient dans la petite salle, leur béret à la main, l'air confus de troubler notre retraite, mais forts de la nécessité qui les amenait, et ma mère, seule quelquefois, se trouvait obligée de leur répondre et de prendre part à l'universelle activité. Elle comprit son devoir en voyant faiblir ma tante que les récents événements avaient épuisée; elle se mit alors à la seconder raisonnablement. Mais l'austérité de son visage révélait que son cœur n'avait nulle part à la besogne, et se gardait tout entier au souvenir.

Rentrés dans notre appartement dès la fin du dîner, je la voyais s'agenouiller et répandre librement les larmes tout le jour contenues. Du réfectoire des vendangeurs, venait le bruit d'une agitation joyeuse qu'on ne pouvait interdire à leur troupe vers la fin du repas. Je souffrais de les entendre et de ce que cette lointaine gaîté osât se mêler à notre deuil. Ma mère n'en paraissait même pas troublée et demeurait si longtemps absorbée dans la prière et la douleur qu'elle en oubliait mon existence et me laissait m'endormir sans son baiser.

Avec le sentiment que j'eus alors de son indifférence et la preuve que j'y crus voir d'un complet détachement, une grande résignation pénétra mon âme. Je considérai d'un cœur égal la fuite des jours, et ne sus plus s'il m'eût été préférable de rester ou de partir. Le malheur qui avait frappé ma vie, les vêtements noirs qui en témoignaient me faisaient une solitude à travers quoi rien ne pouvait m'atteindre, et que les railleries ne devaient plus franchir. Je ne redoutais rien des contacts dont j'avais craint de souffrir encore ; je sentais en moi assez de tristesse pour que toute réalité s'y abîmât. Je ne songeais plus à rien solliciter de ma mère et, le jour où ma tante lui rappela la nécessité de revoir mon trousseau de pensionnaire, je demeurai à lire auprès d'elle sans qu'une parole s'élevât entre nous sur ma répugnance à rentrer au collège. Cependant l'échéance des congés approchait, et je pouvais compter les heures qui me séparaient de l'instant où j'allais connaître leur fin.

★

Le dernier jour ne parut pas sans entamer mon apparente fermeté d'âme. Le soleil toucha ma fenêtre au réveil et deux de ses rayons entrés par les losanges des volets descendirent jusqu'à ma couche qu'ils désignèrent dans l'ombre. Je m'attardais au lit, me pénétrant de l'idée douloureuse que, le lendemain, un appel matinal m'en tirerait. Quelques heures restaient à peine… Je souhaitais que les rayons appuyés sur mon lit fussent les montants d'une échelle immense par où j'aurais pu m'évader. L'idée d'une fuite ne m'était pas encore venue, je m'y arrêtai un instant. Mais où aller ?… et tout seul ! D'ailleurs, le bonheur que j'enviais ne se séparait pas d'un refuge, d'heures paisibles sous des ombrages ; j'aimais La Grangère, mon souhait se fût borné à n'en pas sortir.

Je me décidai à pousser les volets ; les champs baignés d'azur m'apparurent, quelques vapeurs traînaient encore : je distinguai au loin, dans les vignes, de l'autre côté de la route, des points colorés et mouvants qui étaient des vendangeurs. Il faisait frais, un peu de vent me porta leurs rires. Je pensai que, pour la dernière fois, je jouissais de la liberté du réveil, de ce bain de soleil et d'air pur, de l'étendue des paysages : j'aurais voulu embrasser toutes ces choses, et je trouvai au fond de mon cœur la plus ardente prière pour que Dieu fît le miracle de m'éviter le départ. Mais dans le temps que je m'exaltais, je sentais la puérilité de mes vœux, et la certitude que ce jour marquait la fin de mes quotidiennes rêveries m'agita d'une grande hâte à le vivre tout entier. Je descendis au jardin où je m'employai à ramasser des feuilles mortes, qu'à l'aide d'un râteau je chargeai dans une brouette pour les porter au potager. Lorsque j'eus fini de les amonceler, je mis le feu à ce bûcher d'automne. Une vapeur blanche s'éleva en enveloppant la flamme, puis celle-ci s'affaissa et brûla en dedans de la meule, révélée seulement par un filet de fumée qui continua de monter. On eût dit le jardin balayé ; quelques fleurs y demeuraient encore : roses que les nuits fraîches empêchaient de s'ouvrir, longs hélianthèmes qui oscillaient sous le poids de leur tête rayonnante. En les cueillant, je trouvai entre les feuilles un ruban que je reconnus avoir appartenu à Zoé ; elle en laissait pendre souvent de ses poches trop emplies, et nous avions vainement cherché celui-là. Il me rendit présente mon amie. En le roulant sur mes doigts, je pensais tristement à elle qui ne savait rien de mon malheur. La chanson de Segonde me revint en mémoire :

Je voudrais que la rose
Fût encore au rosier,
Voyez.
Et que le rosier même
Fût encore à planter.
. . . .
Fût encore à planter.

Puis, du ruban trouvé, je liai la gerbe que je destinais en offrande à la Muse, parce que Zoé aimait lui faire visite, l'appelait « la Dame » et ne l'approchait qu'avec un grand respect. La Vielleuse eut aussi quelques corolles. Le lierre fleuri sous le mur bas retenait l'affairement des abeilles, et répandait alentour une fade senteur. Je fis une distribution d'escargots aux poules, et j'y ajoutai des raisins qu'elles se disputèrent goulûment. Je me rendis ensuite dans la cour. Maria y puisait de l'eau ; je prétendis l'aider à rapporter sa cruche ; elle me laissa faire en souriant. Elle préparait le repas de sa famille, et se mit à tailler la soupe. Elle appuyait contre sa poitrine la miche épaisse qu'elle entourait d'un bras, tandis que sa main armée d'un couteau y enlevait de minces tranches ; l'eau bouillait dans une marmite suspendue au fond de l'âtre. J'eus tout à coup l'envie de goûter à cette cuisine paysanne, et décidai Maria à m'emplir une assiette de la soupe qu'elle venait de tremper : je la mangeai du meilleur cœur, tandis qu'elle me regardait avec une commisération feinte pour mon air affamé. En revanche, je ne fis guère honneur au déjeuner de ma tante et l'on dut mettre mon abstinence sur le compte de la tristesse, car personne n'insista, comme on avait accoutumé de le faire, pour me pousser à manger.

À ce moment, je m'attendris si fort en moi-même que, de nouveau, le désir me vint de supplier ma mère et d'emporter son consentement à ce que je brûlais d'obtenir. Mais je me persuadai que l'instant du dessert serait plus propice; j'attendis. Le dessert passa sans que je me décidasse. Je me fixai comme limite l'arrivée du café, mais on le but sans que j'eusse desserré les lèvres. Je me dis qu'avant peu ma mère s'installerait à coudre et que j'aurais tout loisir de plaider ma cause. Je m'assis dans la salle à manger pour feuilleter un album, puis je m'avisai d'un moyen plus rapide de remplir le temps qui me séparait de l'entretien désiré. Je n'avais pas franchi le seuil du corridor depuis la mort de mon père, et je le fis en frémissant. Le reflet des vitres colorées y dormait sur le dallage; mon pas résonna; j'entrai au salon. L'ordre habituel régnait dans la pièce isolée: l'arc-en-ciel se peignait toujours à droite du miroir quand on regardait celui-ci sous un certain angle, le portrait des hôtes demeurait réprobateur, la pendule était arrêtée, le piano fermé me parut funèbre. Par les fenêtres entrouvertes, quelques feuilles mortes du catalpa avaient pénétré: elles semblaient des cœurs jaunes et desséchés; j'en pris une qui était encore veloutée et je sortis. Je gravis l'escalier pour gagner mon ancienne chambre que j'eusse aimé revoir, mais je la trouvai fermée et je m'en allai désappointé. En passant devant la fenêtre qui éclairait le palier, je m'arrêtai pour considérer la plaine que baignait une douce lumière. Comme je regardais à travers le feuillage éclairci des marronniers, la voix de ma mère qui causait avec ma tante me parvint; j'écoutai. Ma mère disait avoir achevé la veille la révision de mon trousseau; rien n'y manquait, affirmait-elle. Elle ajouta: « Dieu merci, le tout peut encore servir cette année, bien que le petit use beaucoup. » Ma tante dit:

– Sais-tu qu'il a bien de la peine à te laisser?

– J'en ai aussi de le voir partir, répondit ma mère: il me faudra lui cacher mes larmes… – elle reprit: plus tard, il comprendra que j'aurais aimé le garder près de moi… Lui présent, je serais plus sûre de ma force !

– J'ai connu plus complètement que toi la solitude, fit ma tante, et, tu vois, j'ai vécu… Il faut prier.

Ma mère dit :

– Je prie… Mais Dieu m'a bien frappée.

– Garde-lui ta confiance, continua ma tante, et mets ton espoir en l'enfant qu'il te laisse.

– Il est, déclara ma mère, tout ce qui me rattache à la vie, et mon avenir repose en lui.

Je n'entendis plus rien que le vent dans les branches ; d'ailleurs, je n'en écoutai pas davantage… Ma mère pleurerait mon absence et ne vivait plus que pour moi !… Ce fut comme si moi-même je me reprenais à vivre. Je compris que ma lourde peine des derniers jours me venait surtout d'avoir cru à son indifférence et que ma présence et mon affection ne lui étaient de rien. Je descendis m'asseoir près d'elle, sur la chaise basse. Je n'éprouvais plus le désir d'échapper à la rentrée ; j'essayai de me dire que le lendemain, rien de tout ce que j'aimais ne serait plus autour de moi, mais un grand courage me soutenait et j'acceptais toute la vie. Les yeux de ma mère s'abaissèrent sur les miens, qui se tournaient vers elle ; de sa main, elle toucha ma joue en essayant de me sourire : tout mon cœur s'offrit à elle dans mes regards.

Segonde passait, portant un chaudron qu'elle se mit à fourbir avec de la terre. Le bruit qu'elle produisit excita le caquetage des poules. L'odeur des feuilles brûlées venait du potager où le tas fumait encore. Ma mère reprit l'aiguille et je poursuivis ma lecture.

Ainsi passa le jour, dans une suite d'instants rapides que je n'osais plus souhaiter retenir. Le vent fraîchit ; ma tante voulut rentrer, ma mère la suivit, je demeurai seul dans la lumière décrue, sous les arbres dont les feuilles tombaient de nouveau. Je fis encore une fois le tour des massifs, je revis les statuettes amies que mes fleurs mourantes attristaient ; pour un peu, j'eusse baisé leur robe et serré les marronniers dans mes bras. Je revins sur le banc où, de la pointe d'un couteau, j'avais gravé mon nom, l'autre année : la peinture, autour, s'écaillait. Je m'assis ; le ciel s'incendiait d'un couchant d'automne, les nuages épars s'empourpraient, l'odeur des feuilles brûlées devenait plus sensible avec le soir. L'hiver, secrètement, s'annonçait. Je revis les premiers temps de mon séjour à La Grangère, les veillées près du feu, le livre sous la lampe, la prière en commun, toute la vie intime qui allait reprendre sans moi et que je ne retrouverais plus que de temps à autre, le dimanche, avec le regret de la devoir quitter aussitôt. À ce moment, le vent poussa la petite porte de l'enclos, qui s'ouvrit en gémissant : par la baie, j'aperçus la route qui s'allongeait entre les champs plus sombres. C'était celle qu'il m'allait falloir suivre dans un temps si proche que la nuit seule m'en séparait : mais il n'y avait plus en moi qu'un consentement docile, un immense vouloir de servir, contre quoi se trouvait sans force le pressentiment où j'étais que toute l'hostilité de ma vie m'attendait au seuil du jardin.

libretto

Dernières parutions

678. KLAUS MANN	*Point de rencontre à l'infini*
677. JUSTIN MCCARTHY	*L'Aventure de Maître François Villon*
676. WASHINGTON IRVING	*Astoria*
675. ANDRÉ LAFON	*L'Élève Gilles*
674. ALFRED E. W. MASON	*Les Quatre Plumes blanches*
673. ANNEMARIE SCHWARZENBACH	*Les Amis de Bernhard*
672. HECTOR MATHIS	*K.O.*
671. BLANDINE DE CAUNES	*L'Involontaire*
670. WILLIAM GODWIN	*Les Aventures de Caleb Williams*
669. JOSEPH SHERIDAN LE FANU	*Invitation au crime*
668. GILES LYTTON STRACHEY	*Ermyntrude et Esmeralda*
667. MARGUERITE AUDOUX	*Douce lumière*
666. EDWARD PAGE MITCHELL	*L'Homme le plus doué du monde*
ÉTIENNE-JEAN DELÉCLUZE	*Le Mécanicien roi*
665. CAMILLE LEBOULANGER	*Bertram le baladin*

664. ZIAY-ED-DIN NAKHCHABI /MOHAMMED QADERI	*Contes du perroquet*
663. MARK TWAIN	*Un Yankee à la cour du roi Arthur*
662. AHMAD AL-QALYOÛBÎ	*Histoires étranges et merveilleuses*
661. HERMANN BANG	*Ida Brandt*
660. CHRISTIAN KRACHT	*Imperium*
659. DAVID CALVO	*Sous la colline*
658. NICOLAS BOKOV	*La Tête de Lénine*
657. DRAGO JANČAR	*Cette nuit, je l'ai vue*
656. GUILLERMO ARRIAGA	*Mexico, quartier Sud*
655. JACQUES RENOIR	*Le Tableau amoureux*
654. ALAIN RENÉ LESAGE	*Les Aventures de Beauchesne, capitaine de flibustiers*
653. MARCEL SCHNEIDER	*Jours de féerie*
652. KLAUS MANN	*Alexandre* suivi de *Ludwig*
651. ALEXANDER KENT	*Cœur de chêne*
650. FRANÇOIS TAILLANDIER	*Mémoires de Monte-Cristo*
649. EMMANUEL CHASTELLIÈRE	*Célestopol*
648. EDWARD BULWER-LYTTON	*Les Derniers Jours de Pompéi*
647. LINDSEY DAVIS	*Les Saumons d'argent*
646. GEORGES LE FÈVRE	*La Croisière jaune*
645. AL-QÂSIM AL-HARÎRÎ	*Le Livre des Malins*
644. FÉLIX FÉNÉON	*Nouvelles en trois lignes*
643. ÉLIE BERTHET	*La Bête du Gévaudan*
642. ANONYME	*Aventures merveilleuses de Huon de Bordeaux*

641. THOMAS EDWARD LAWRENCE	*Les Sept Piliers de la sagesse II*
640. THOMAS EDWARD LAWRENCE	*Les Sept Piliers de la sagesse I*
639. ARTHUR BERNÈDE	*Belphégor*
638. ROBERT MARGERIT	*Les Amants*
637. HOWARD CARTER	*La Fabuleuse Découverte de la tombe de Toutankhamon*
636. AUGUSTE BIARD	*Le Pèlerin de l'Enfer Vert*
635. CHARLES DICKENS	*Voyage en Amérique*
634. SIDO	*Lettres à Colette, 1903-1912*
633. FELDRIK RIVAT	*Le Chrysanthème Noir*
632. SALVADOR DALÍ	*Visages cachés*
631. MORITZ THOMSEN	*La Ferme sur le río Esmeraldas*
630. WILLIAM CHAMBERS MORROW	*Le Singe, l'Idiot et Autres Gens*
629. MIRABEAU	*La Morale des sens*
628. ALEXEÏ TOLSTOÏ	*Les Sept Jours où le monde fut pillé*
627. MAURICE LEVEL	*La Malle sanglante* suivi de *Laquelle ?*
626. GEORGE MACDONALD	*La Princesse légère*
625. CHARLEMAGNE ISCHIR DEFONTENAY	*Star ou Ψ de Cassiopée*
624. FELDRIK RIVAT	*La 25e Heure*
623. JACK LONDON/ROBERT LLOYD FISH	*Le Bureau des Assassinats*
622. MEHMED UZUN	*La Poursuite de l'ombre*
621. ROBERT D'ORBIGNY	*Floire et Blanchefleur*
620. THEODOR PLIEVIER	*Berlin*

619. FREDERICK GUSTAVUS BURNABY — *Khiva*

618. JÂMI — *Medjnoûn et Leïla*

617. DRAGO JANČAR — *Aurore boréale*

616. KURBAN SAID — *Ali et Nino*

615. DOROTHY LEIGH SAYERS — *Le Cœur et la Raison*

614. LONGUS — *Daphnis et Chloé*

613. ODILE GODARD — *Les Soupers de Schéhérazade*

612. ALEXANDER KENT — *Un vaisseau de haut bord*

611. MARIE BARTHELET — *Celui-là est mon frère*

610. VICTOR SEGALEN — *Les Immémoriaux*

609. SYLVAIN ROUMETTE — *Lilith dans l'île*

608. ROBERT GRAVES — *Adieu à tout cela*

607. RICHARD LESCLIDE — *La Diligence de Lyon*

606. BERNARD OLLIVIER — *Longue marche, suite et fin*

605. LAURA MANCINELLI — *Les Douze Abbés de Challant*

604. SAADI — *Le Jardin des roses et des fruits*

603. LUIGI DA PORTO — *Roméo et Juliette*

602. NATHANIEL HAWTHORNE — *Contes étranges*

601. MARIE GOUDOT — *Lettre américaine*

600. CHRISTINE ORBAN — *Le Collectionneur*

599. TIMOTHY FINDLEY — *Guerres*

598. ROBERT MARGERIT — *Le Dieu nu*

597. MAXIME GORKI — *Une confession*

596. GUILLAUME APOLLINAIRE — *L'Enchanteur pourrissant*

595. ANONYME — *Le Plaisir après la peine*

594. OLIVIER BELLAMY — *Un hiver avec Schubert*
593. SERGE FILIPPINI — *Rimbaldo*
592. CLAUDE TILLIER — *Mon oncle Benjamin*
591. CHARLES PALLISER — *Mère et fille*
590. CHARLES LE GOFFIC — *Morgane la sirène*
589. WILLIAM MORRIS — *La Source au bout du monde II*
588. COLETTE — *Trois… Six… Neuf…*
587. MIR AMMAN — *Les Aventures des quatre derviches*
586. WILLIAM MORRIS — *La Source au bout du monde I*
585. FABIEN CLAVEL — *Feuillets de cuivre*
584. ANGÉLIQUE VILLENEUVE — *Les Fleurs d'hiver*
583. ANTOINE DE MEAUX — *Le Fleuve guillotine*
582. GUILLERMO ARRIAGA — *Le Bison de la nuit*
581. WILLIAM BECKFORD — *Vathek*
580. ANDRÉS NEUMAN — *Le Voyageur du siècle*
579. DANIEL DEFOE — *Colonel Jack*
578. DRAGO JANČAR — *L'Élève de Joyce*
577. JEAN GALTIER-BOISSIÈRE — *Mon journal dans la Grande Pagaïe*
576. HERBERT ERNEST BATES — *L'Aviateur anglais*
575. WILLIAM TREVOR — *Les Enfants de Dynmouth*
574. GASTON LEROUX — *Un homme dans la nuit*
573. BOOTH TARKINGTON — *La Splendeur des Amberson*
572. ALEXANDRE DUMAS FILS — *La Dame aux camélias*
571. JOHN COWPER POWYS — *Owen Glendower II : Les forêts de Tywyn*
570. RENÉ BOYLESVE — *L'Enfant à la balustrade*

569. ALEXANDER KENT *Sans relâche*

568. ANTHONY SATTIN *Un hiver sur le Nil*

567. JOHN COWPER POWYS *Owen Glendower I : Les tours de Mathrafal*

566. ÉTIENNE GUÉREAU *La Sonate de l'anarchiste*

565. MIKE DASH *L'Archipel des hérétiques*

564. GEORGE SAND *Les Beaux Messieurs de Bois-Doré*

563. MARTIN PROVOST *Bifteck*

562. RICHARD E. BYRD *Seul*

561. ABU BAKR IBN TUFAYL *L'Éveillé*

560. JEAN GALTIER-BOISSIÈRE *Mon journal dans la Drôle de paix*

559. ANONYME *Fierabras*

558. ROBERT MARGERIT *Le Château des Bois-Noirs*

557. THEODOR PLIEVIER *Stalingrad*

556. ANONYME *Neh Manzer, ou les Neuf-loges*

555. CHRISTIAN CHAVASSIEUX *L'Affaire des vivants*

554. PÉTRONE *Satyricon*

553. JESSE BROWNER *Villa du crépuscule*

552. ALEXANDER KENT *Le Sabre d'honneur*

551. R. A. DICK *Le Fantôme et Mrs Muir*

550. MOHAMMED AL-MAHDI *Les Dix Soirées malheureuses*

549. ROBERT GRAVES *King Jesus*

548. ELIZABETH GOUDGE *Les Amants d'Oxford*

547. GILES MILTON *Les Miscellanées*

546. ALBERT ADÈS & ALBERT JOSIPOVICI *Le Livre de Goha le Simple*

545. HONORÉ D'URFÉ *L'Astrée*

544. JACK LONDON	*Croc-Blanc*
543. HERMAN BANG	*Mikaël*
542. ANTONI LIBERA	*Madame*
541. FERDYNAND OSSENDOWSKI	*Esclaves du soleil*
540. KLAUS MANN & STEFAN ZWEIG	*Correspondance 1925-1941*
539. MYRIAM CHIROUSSE	*Miel et Vin*
538. FRANÇOISE CLOAREC	*De père légalement inconnu*
537. DRAGO JANČAR	*Katarina, le paon et le jésuite*
536. JEAN GALTIER-BOISSIÈRE	*Mon journal depuis la Libération*
535. SERGIUSZ PIASECKI	*L'Amant de la Grande Ourse*
534. RAFAEL SABATINI	*Scaramouche*
533. W. WILKIE COLLINS	*Quand la nuit tombe*
532. THOMAS RAIN CROWE	*Ma vie dans les Appalaches*
531. ALEXANDER KENT	*Second ne daigne*
530. DOMINIQUE SCALI	*À la recherche de New Babylon*
529. MAURICE LEBLANC	*Voici des ailes*
528. VALERIE MARTIN	*Mary Reilly*
527. ÉMILE GUIMET	*Huit jours aux Indes*
526. O. HENRY	*Contes du Far West*
525. ODILON REDON	*Il rêve* et autres contes
524. KURBAN SAID	*La Fille de la Corne d'Or*
523. R. BURTON & H. SPEKE	*Aux sources du Nil*
522. ANNE BRONTË	*La Recluse de Wildfell Hall*
521. HENRY DUPUY-MAZUEL	*Le Miracle des loups*
520. ANONYME	*Le Roman d'Antar*
519. HENRYK SIENKIEWICZ	*Quo vadis?*

518. ANONYME	*Les Aventures du chevalier Jaufré*
517. GUSTAVE AMIOT	*La Duchesse de Vaneuse*
516. ANONYME	*Contes populaires de l'Égypte ancienne*
515. GEORGES ARNAUD	*Les Oreilles sur le dos*
514. JEAN GALTIER-BOISSIÈRE	*Mon journal pendant l'Occupation*
513. HJALMAR SÖDERBERG	*Docteur Glas*
512. SOPHIE KOVALEVSKAÏA	*Une nihiliste*
511. JULIEN BLANC	*Le Temps des hommes*
510. TADEUSZ BOROWSKI	*Le Monde de pierre*
509. THEODOR PLIEVIER	*Moscou*
508. ANONYME	*Absurdités et Paradoxes de Nasr Eddin Hodja*
507. ALEXANDER KENT	*La Croix de Saint-Georges*
506. OLIVIER BELLAMY	*Dans la gueule du loup*
505. JOSEPH-MARIE LO DUCA	*Journal secret de Napoléon Bonaparte*
504. ERWIN MORTIER	*Psaumes balbutiés*
503. CÉDRIC GRAS	*Le Cœur et les Confins*
502. DRAGO JANČAR	*Des bruits dans la tête*
501. TIMOTHY FINDLEY	*Le Dernier des fous*
500. NICOLAS CLÉMENT	*Sauf les fleurs*
499. GUILLERMO ARRIAGA	*Un doux parfum de mort*
498. ALEXANDER KENT	*Au nom de la liberté*
497. W. WILKIE COLLINS	*Passion et repentir*
496. ANTOINE DE MEAUX	*L'Ultime Désert*
495. FRANCISCO COLOANE	*Naufrages*

494. ANDRZEJ BOBKOWSKI	*Douce France*
493. NICOLAS DICKNER	*Nikolski*
492. BERNARD OLLIVIER	*Sur le chemin des Ducs*
491. VIOLAINE GELLY	*Karen Blixen*
490. JEAN-MARIE DALLET	*De pareils tigres*
489. PANAÏT ISTRATI	*Œuvres III*
488. PANAÏT ISTRATI	*Œuvres II*
487. PANAÏT ISTRATI	*Œuvres I*
486. DANIEL ARSAND	*Un certain mois d'avril à Adana*
485. ZABEL ESSAYAN	*Dans les ruines*
484. WILLIAM DALRYMPLE	*La Cité des djinns*
483. CECIL SCOTT FORESTER	*Retour à bon port*
482. CHARLES PALLISER	*Le Quinconce V*
481. CHARLES PALLISER	*Le Quinconce IV*
480. LOUIS-BERNARD ROBITAILLE	*Dernier voyage à Buenos Aires*
479. CÉDRIC GRAS	*Le Nord, c'est l'Est*
478. CHARLES PALLISER	*Le Quinconce III*
477. CHARLES PALLISER	*Le Quinconce II*
476. CHARLES PALLISER	*Le Quinconce I*
475. PHILIPPE RENONÇAY	*Le défaut du ciel*
474. DAVID DONACHIE	*Un parfum de trahison*
473. OLGA TOKARCZUK	*Sur les ossements des morts*
472. SOPHIE GUILLOU	*Romy Schneider*
471. LUDOVIC ZEKIAN	*Rideau!*
470. ERWIN MORTIER	*Sommeil des dieux*

469. BERNARD OLLIVIER — *Histoire de Rosa qui tint le monde dans sa main*

468. KVĚTA LEGÁTOVÁ — *La Belle de Joza*

467. GUILLEMETTE DE LA BORIE — *Indira Gandhi*

466. ALEXANDER KENT — *Une mer d'encre*

465. BERNADETTE COSTA-PRADES — *Niki de Saint Phalle*

464. EDITH VELMANS — *Les Carnets d'Edith*

463. KAREL SCHOEMAN — *En étrange pays*

462. DANIEL ARSAND — *Que Tal*

461. HENRYK SIENKIEWICZ — *Par le fer et par le feu*

460. ALEXANDER KENT — *Par le fond*

459. GÉRARD BONAL & FRÉDÉRIC MAGET — *Colette journaliste, chroniques et reportages*

458. W. WILKIE COLLINS — *Histoires regrettables*

457. FRANCISCO COLOANE — *Le Sillage de la baleine*

456. FRANCISCO COLOANE — *Le Golfe des Peines*

455. FRANCISCO COLOANE — *Le Dernier Mousse*

454. FRANCISCO COLOANE — *Antartida*

453. BERNADETTE COSTA-PRADES — *Simone de Beauvoir*

452. CECIL SCOTT FORESTER — *Trésor de guerre*

451. JULIEN BLANC — *Joyeux, fais ton fourbi*

450. NATHALIE PEYREBONNE — *Rêve général*

449. IVAN CASSAGNAU — *Ce que chaque jour fait de veuves*

448. JEANNE CORDELIER — *Reconstruction*

447. JEAN-FRANÇOIS BEAUCHEMIN	*La Fabrication de l'aube*
446. WILLIAM DALRYMPLE	*Le Moghol blanc*
445. ANGELIKA SCHROBSDORFF	*Tu n'es pas une mère comme les autres*
444. CATHERINE ENJOLET	*Sous silence*
443. DANIEL ARSAND	*Lily*
442. MARIUSZ WILK	*Le Journal d'un loup*
441. CLAUDE SEIGNOLLE	*La Malvenue*
440. FERDYNAND OSSENDOWSKI	*Lénine*
439. MORITZ THOMSEN	*Mes deux guerres*
438. DAVID DONACHIE	*Haut et court*
437. JAMIE O'NEILL	*Deux garçons, la mer*
436. ROBERT IRWIN	*Nocturne oriental*
435. JULIEN BLANC	*Confusion des peines*
434. NADIFA MOHAMED	*Black Mamba Boy*
433. BERNADETTE COSTA-PRADES	*Frida Kahlo*
432. WILLIAM DALRYMPLE	*L'Âge de Kali*
431. JOHN VAILLANT	*Le Tigre*
430. ALEXANDER KENT	*Un seul vainqueur*
429. CHARLIE GALIBERT	*Sistac*
428. ÉLISABETH WEISSMAN	*Coco Chanel*
427. CECIL SCOTT FORESTER	*Seul maître à bord*
426. JEAN-FRANÇOIS BEAUCHEMIN	*Le Jour des corneilles*
425. LOUIS HÉMON	*Le Dernier Soir*
424. H. J. C. VON GRIMMELSHAUSEN	*La Vagabonde Courage*

423. W. WILKIE COLLINS — *Pauvre Miss Finch*

422. MARIE CHAIX — *Barbara*

421. ALEXANDER KENT — *À l'honneur ce jour-là*

420. FRANK MAYER — *Tueur de bisons*

419. DOMINIQUE FORTIER — *Du bon usage des étoiles*

418. LEON ROOKE — *En chute libre*

417. GILES MILTON — *Le Paradis perdu*

416. RICHARD LLEWELLYN — *Qu'elle était verte ma vallée !*

415. JOSEPH BIALOT — *La station Saint-Martin est fermée au public*

414. BORIS PAHOR — *Printemps difficile*

413. BERNARD FOGLINO — *Bienvenue dans la vraie vie*

412. IGNACIO DEL VALLE — *Les Démons de Berlin*

411. AMANDA SMYTH — *Black Rock*

410. DONALD RAY POLLOCK — *Knockemstiff*

409. CÉDRIC GRAS — *Vladivostok*

408. DAVID DONACHIE — *Trafic au plus bas*

407. RAX RINNEKANGAS — *La lune s'enfuit*

406. RON HANSEN — *L'Extase de Mariette*

405. SYLVIE WEIL — *Chez les Weil*

404. BERNARD OLLIVIER — *Nouvelles d'en bas*

403. NICHOLAS JUBBER — *Sur les traces du Prêtre Jean*

402. BALTHUS — *Correspondance amoureuse*

401. DAVID EBERSHOFF — *Danish Girl*

400. WILLIAM SAROYAN — *Folie dans la famille*

399. CONSTANCE DE SALM — *Vingt-Quatre Heures d'une femme sensible*

398. JENNIFER LESIEUR — *Jack London*

397.	GILES MILTON	*Samouraï William*
396.	DMITRI BORTNIKOV	*Le Syndrome de Fritz*
395.	ROLAND TOPOR	*La Princesse Angine*
394.	BERNARD OLLIVIER	*La vie commence à 60 ans*
393.	ALEXANDER KENT	*Deux officiers du roi*
392.	JOSEPH CZAPSKI	*Proust contre la déchéance*
391.	MAURICE SACHS	*Chronique joyeuse et scandaleuse*
390.	SUAT DERWISH	*Les Ombres du Yali*
389.	JEANNE CORDELIER	*La Dérobade*
388.	GIAMBATTISTA BASILE	*Le Conte des Contes*
387.	JAMES WADDINGTON	*Un Tour en enfer*
386.	ALEXANDER KENT	*Flamme au vent*
385.	LOUIS BROMFIELD	*Précoce Automne*
384.	BERNARD OLLIVIER	*Aventures en Loire*
383.	JACK SCHAEFFER	*L'Homme des vallées perdues*
382.	RON HANSEN	*Soleil de cendre*
381.	TCHINGUIZ AÏTMATOV	*Il fut un blanc navire*
380.	ALBERT T'SERSTEVENS	*L'homme que fut Blaise Cendrars*
379.	EDWARD CAREY	*L'Observatoire*
378.	WILLIAM SAROYAN	*Une comédie humaine*
377.	THEODOR KRÖGER	*Le Village oublié*
376.	DOROTHY SCARBOROUGH	*Le Vent*
375.	HANS HABE	*La Tarnowska*
374.	W. WILKIE COLLINS	*Une belle canaille*
373.	IGNACIO DEL VALLE	*Empereurs des ténèbres*
372.	MARCELLE SAUVAGEOT	*Laissez-moi*
371.	LAWRENCE DURRELL	*Citrons acides*
370.	DAVID DONACHIE	*Une chance du diable*

Cet ouvrage
a été reproduit et achevé d'imprimer
en janvier 2020
sur les presses de Normandie Roto Impression s.a.s.
61250 Lonrai
N° d'impression : 1905274

Imprimé en France

Dépôt légal : février 2020